而你仍在遠方

YOU ARE STILL FAR AWAY

Misa——著

你驚動了我的世界，卻無聲地消失，
再見，已成最奢侈的想望。

楔子

如果再讓我選擇一次，我還是會選擇遇見你。
即便傷心得無以復加，我也想再次與你相遇。

第一章

我盯著教室前方數位電子板上的文字，總覺得看不太清楚，瞇起眼睛後又睜大，揉了揉再看，依舊感覺模糊，於是我按下桌面上的按鍵，螢光幕倏地呈現在眼前，往前伸出兩隻手指放大螢幕，看清楚字跡後，原本打算抄寫下來，但想想都叫出螢幕了，便直接伸手往右一撥，將資料存進我手上的腕帶內。

下課鐘聲響起，教授將數位電子板上的文字消除，還來不及抄寫或複製的同學們發出哀號，吵著要教授將資料上傳到雲端，不過教授可不願意。

「比起我們以前手抄或電腦打字，你們現在只要手指滑一下就能完整複製，連這個動作你們也不願意做，看來無論科技有多進步，學生的懶散還是一點都沒變。」教授感嘆地說完後，便收拾東西離開教室。

「教授很愛話當年，況且這項新科技的誕生也不到十年吧。」謝如瑾一邊吃著茶葉蛋，一邊碎念，「看看這顆茶葉蛋，歷久彌新啊！無論科技怎麼進步，茶葉蛋還是一顆茶葉蛋。」

「妳在講什麼啦？」我忍不住一笑，收拾好自己的物品。

「妳懂我要講什麼。」她朝我瞇眼，然後說：「借我！剛才上課的筆記！」

「我沒有抄筆記呀。」

「我有看見妳複製到雲端了！」謝如瑾賊賊地笑著。

「如果我今天剛好是手抄筆記，妳還會借嗎？」

「當然借啊，我拍照下來不就得了。」

嘖，聰明。

「但我跟教授一樣疑惑，明明現在手指一滑就可以把上課資料複製下來，爲什麼妳還會來不及複製？」我一邊將手上腕帶的檔案滑至謝如瑾的腕帶內，帶點指責地說。

「拜託，這堂課是《萬葉集》耶，就算全是漢字，但意思跟中文差這麼多，這不只是上日文課，還是上文言文！雙重燒腦的情況下，我光是克制瞌睡蟲就已經很厲害了，哪還有空複製啊！」謝如瑾說得理直氣壯，我差點都被她說服了。

「別爲妳偷玩手機這件事情找理由。」

「被妳發現啦，嘿嘿。」謝如瑾吐舌笑了下。

我們提著背包，走出百人大教室，往下一堂課的教室走去。

「科技都進步到兩台機器靠近就可以互傳訊息了，爲什麼我們還要來學校上課啊？」謝如瑾吃著第二顆茶葉蛋。

「因爲如果都在家裡遠端上課，那我們就沒辦法交朋友啦。」我說著大人們的八股文句，「交流可是很重要的。」

「好吧，我同意，有時候還是需要一點身體互動。」謝如瑾不懷好意地笑著，「所以說，今天要不要去天使放鬆一下呢？」

「不了，今天有點累，而且天使人太多。」每次去天使都會被陌生人毛手毛腳，我實在不喜歡。

謝如瑾卻露出神祕的表情搖著食指，「天使也加入自宇宙囉！」

「啊？眞假？」我很驚訝，但轉念一想，大品牌就不用說了，現在很多小品牌與獨立商店也都開始加入自宇宙的行列，所以這並沒什麼好意外的。

「反正妳也不喜歡去天使被男人吃豆腐，但又不可否認天使的音樂實在好聽，況且妳不太喝酒，所以我們今天要不要就一起去體驗一下自宇宙的天使呢？」

謝如瑾的提議很誘人，我認眞想了一下，最後點頭答應。

「耶，太好了！那我們晚上見啦。」

天使，是我們近期很喜歡去的夜店之一，裡頭播放的音樂好聽、酒水好喝，帥哥也多，但或許是因爲帥哥多的關係，也吸引了不少美女，結果最近天使出現很多奇怪的人，並會在舞池裡趁機揩油，讓我感覺不是很舒服，漸漸不太想去。

而且去夜店的動機很單純，就是想放鬆心情，聽聽音樂，喝喝酒，感受那種微醺的滋味，然後隨著音樂擺動身體罷了。

雖然很多男生表面上去夜店的藉口是要聽音樂，但隨著越來越多夜店加入自宇宙，就再也沒有一定要去現實中的夜店聽音樂的藉口了。

抵達下一堂課的教室後，我和謝如瑾打算找後方的座位坐下。這堂課是通識課程，講師很喜歡點坐在前面的同學起來回答問題，所以坐後面一點相對安全。

「座位好像都被占滿了耶。」謝如瑾皺眉看著幾張桌子，上頭不是放了礦泉水，就是放了筆或紙。

這一看就是某個人先來幫一群人占位子，有夠沒水準，現在就連停車位都不准人肉占位了，怎麼學校的座位還用物品占位呀。

「管他的，坐！」我把桌上的紙張拿起來，放下背包後便直接坐下。

「哇賽。」謝如瑾被我的舉動震驚到，但還是照做，把桌上的筆移至一旁的座位後也跟著我坐下。

「啊！」就在我們剛落座後，前面有個男同學回過頭，很驚訝地看著我們，「那裡有人坐喔！」

無視他的提醒，我裝傻地說：「我沒看到人啊。」

那位男同學頭髮挑染著明亮的金色，本以爲看起來應該會有點土氣，卻意外地與他立體分明的五官相襯，他的淺褐色瞳孔像貓一般，感覺深邃又神祕。

我知道他是誰，雖然不同系所，但是他堪比明星的外型在女同學中獲得極高的評價和討論度。

「天呀，是他！」謝如瑾在一旁小聲地驚呼。

我們當初會選這堂通識課，除了好混以外，還有一個原因就是眼前的男生也選了這堂課。

畢竟看帥哥有益身心健康呀。

「我朋友馬上就到了，這是他們的座位。」眼前的帥哥蕭睿裴如此說著。

嗯，雖然帥，但不是做什麼都可以被原諒。

所以我搖頭，「我們上這堂課很久了，知道你每次都會幫朋友占位子，但這次也太誇張，你占了六個人的位子耶。」

「這……」

「他們如果想要有好位子就應該早點到，晚來就沒資格選擇座位。」我義正嚴詞地說，引來其他同學的注意，有些人帶著看好戲的表情偷笑，有些人則猛點頭，認同我的說法。

「因爲他們去廁所，很快就……」蕭睿裴越說越心虛，停頓一下後他突然大笑起來，讓我有點搞不清楚狀況。

「妳說的沒錯，他們想要好位子就得自己早點來。」他乾脆地說，然後起身把其他桌面上的東西都收了起來，「我也不需要幫他們占位子。」

當他這麼做之後，馬上有其他同學跑來空位坐下。

「你人太好了，本來就不需要幫他們占位子。」我補充這點，但蕭睿裴只是聳聳肩，就走回自己的座位坐下。

「妳好勇敢，居然敢跟蕭睿裴那樣說話。」謝如瑾在我旁邊悄聲說著，「好羨慕啊，我也應該搭個話的，近距離看他更帥了。」

「別發花痴了。」我捏了捏她的臉頰。

「看帥哥顧眼睛，又有益身心健康。要是能跟帥哥說上話，還能增加三天壽命。」謝如瑾又一臉正經地胡說八道了。

「那如果他下次又幫別人占位子，就換妳出聲制止。」我提議。

「我想我對他還是止於遠觀即可。」她立刻雙手合十，裝作一副修行的模樣。

就在上課鐘響前，蕭睿裴那群朋友三三兩兩地走進教室，手裡還拿著飲料食物，不過當他們發現後面的座位都已坐滿時，驚訝地瞪大眼睛。

「怎麼回事啊！蕭睿裴，我們的位子呢？」那群人裡面個子最高的男生開口問。

「你們想要好位子就自己早點來。」蕭睿裴居然用我剛才的話來回應他們，讓我有些驚訝。

「哇勒！你說這什麼話啊！」高個子雖然這麼說，但回頭看了一下我們後，表情有些訝異，沒再說什麼便很快地找了其他座位坐下。

「欸，莫丞正，你怎麼先搶位子啊？」其他男生見狀驚呼，也立刻動身去搶次好的座位。

蕭睿裴特意回過頭對我眨眼，好像是要表達他做得不錯吧，我則立刻低頭將視線轉到自己的書本上，我可不想蹚渾水。

下課後，蕭睿裴一群人浩浩蕩蕩地離開了教室。

我看著無論走到哪都是眾人目光焦點的蕭睿裴，「眞是奇怪……」

「奇怪什麼？」謝如瑾又從背包裡拿出一顆茶葉蛋開始剝蛋殼。

「妳是帶了幾顆茶葉蛋啊？」

「很多顆呀，我得多補充蛋白質維持身材。」謝如瑾說著就吃了起來。

「喝高蛋白不是更快嗎？」

「唉唷，我不喜歡那個味道嘛！」她皺起鼻子，「所以妳是覺得我帶太多茶葉蛋來很奇怪嗎？」

「不是，我只是在想，像蕭睿裴那樣總是站在C位的人，怎麼會是那群人之中負責占位子的角色呢？」

雖然這麼說有些以偏概全，但一般來講，幫忙占位子這種事，通常應該是團體中地位比較低的人來做才對，總之絕對不會是蕭睿裴那樣的角色就是了。

「說不定只是蕭睿裴上一堂課的教室離這裡比較近，所以才交給他負責吧。」看來謝如瑾單純只是喜歡蕭睿裴的帥氣外表，對他的事情並沒有特別想瞭解。

於是我們離開教室後，在廣場花園分開，我下一堂是英文課，謝如瑾則選修了西班牙文。

「別忘了晚上一定要上線喔。」謝如瑾提醒我。

「我不會爽約啦，況且要是我沒出現，妳也會手機奪命連環CALL不是嗎？」

「吼，妳少來，以爲我不知道妳手機會直接給我無視嗎？就算我從自宇宙傳訊息給妳，妳如果不看，我能拿妳怎麼辦？到時我還得特地離開自宇宙，回到現實中打電話給妳，多麻煩。」謝如瑾抱怨著，畢竟我以前曾經爽約過。

「我也就爽約過兩次而已，而且那時候是因爲失戀，不能怪我啦。」

「我知道，我沒怪妳的意思。」謝如瑾看起來有點難過，這讓我忽然有些自責，自己沒事提到失戀的事情幹什麼呢。

「那些都過去了啦，謝謝妳陪著我。」我上前摟緊她，謝如瑾才露出笑容。

「好啦，那我們晚上自宇宙見。」

「可別裸體喔。」我開玩笑地說。

「有差嗎？在自宇宙又不會看見我的眞身。」謝如瑾說完忍不住笑出聲，看來她是個會裸體上線的人。

謝如瑾的擔心不是沒有原因，大約一年前，我失戀了，整個人失魂落魄，狀態非常糟糕。原本和她約好要外出散心，我卻突然消失，她怎麼樣都聯絡不上我，瘋狂地四處找我，最後發現我醉倒在家中的浴室裡，身體還頂著門，推也推不開，讓她嚇得趕緊報警。

我永遠記得她哭著罵我的模樣，也因爲她的眼淚讓我振作起來。

要說已經忘記失戀有多痛苦是騙人的，但確實傷口正在癒合，也漸漸過上了正常的生活。

如今站在藍天之下，輕拂的微風與溫暖的陽光，可以眞切感受到我還活著。

與她揮手道別後，我往英文課上課的大樓走去，途中經過一處吸菸區，我習慣性地朝那個方向瞪了一眼。

明明是無菸校園，爲什麼還要設置吸菸區呢？這點實在令人匪夷所思。

但若不設吸菸區，那吸菸的人就會在各個他們想得到的地方抽菸，所以不如設吸菸區將他們集中起來。

可是這樣無菸校園的意義在哪呢？

就在我一邊抱持著這樣的疑惑時，眼角餘光瞥見了那熟悉的金色頭髮。

原來蕭睿裴會抽菸啊。

唉，人再帥，抽菸就是大扣分。

我搖頭嘆氣走向大樓，忍不住又多瞥了一眼，那群抽菸者並沒有注意到人來人往中的我，而我卻發現蕭睿裴手上並沒有拿菸，看起來只是陪朋友聊天而已。

很好，再次將他加回優質帥哥的名單之中。

「欸，蕭睿裴，剛才是怎樣？爲什麼沒有幫我們占位子？你太晚到了嗎？」高個子還在糾結剛才的事情，他好像叫做莫丞正。

「我有占位子，但被一個女生糾正了。」蕭睿裴笑著說。

我心一驚。

「居然有女生敢糾正你？你確定她不是想跟你要聯絡方式，故意搭訕？」莫丞正一臉不可置信。

「是哪個系的女生？」另一個男生好奇問道。

「不知道，老師今天剛好沒點名，所以不清楚。」蕭睿裴說完後拿出手機，「但我覺得她有點眼熟，所以去找了一下老師之前拍攝的課堂照片，有找到那個女生的模樣。」

什麼！他還去找我的照片？爲什麼？

難道想報復我！？

「我看看。」幾個男生湊了過去。

「啊，我知道她，日文系的黎映。」一個卷髮的男生回。

我再次驚訝，那個卷髮男為什麼會知道我是誰？

「你認識她？」蕭睿裴問。

「不認識，但就是那個黎映啊！涂之渙的前女友啊。」卷髮男道。

「啊，那個瘋子嗎？」莫丞正笑了聲。

而我趕緊躲到一旁的牆邊，心臟跳得劇烈。

都多久以前的事情了，原來在聽八卦的人心裡，我甚至是個瘋子嗎？

「涂之渙啊……他也不是什麼好東西，跟他交往不瘋也難。」蕭睿裴說完便將手機放回口袋，「總之以後不幫你們占位子了，你們要後排的座位就自己早點到。」

「欸欸，我們會晚到還不是因為要幫你買飲料跟早餐。」莫丞正抗議。

「對啊！是你說我們的教室離便利商店近，你上一堂課的教室離通識課教室近，所以才說好我們幫你買早餐，你幫我們占位子耶。」其他朋友們也附和道。

「以後眞的沒辦法嚕，就當我沒說。」蕭睿裴將兩手舉高做投降狀，此刻我才解開了疑惑。

果然蕭睿裴就是這群人的核心人物。

不過想起剛才他們說我是瘋子的那些對話，我的心隱約刺痛起來。

要說不後悔當時那些行徑是騙人的，因為我的確不夠理智。

但是若不那麼做，豈不是便宜了涂之渙他們嗎？

雖然最終受到流言批判的還是只有我。

我搖搖頭，決定不去思考這些，反正就快要升大四了，畢業以後，這些流言蜚語也不會再影響我了。

嗯，雖然也不盡然是流言蜚語就是了。

放學回家後，還是不免想起和涂之渙分手那段時間我過得渾渾噩噩，甚至常跑夜店。一開始是用酒精麻痺自己，但醒來後身體的不適讓本來就很糟的心情更糟了。加上酒醒後那彷彿被千刀萬剮的痛苦又再次襲來，所以我只能再次用酒精麻痺自己，就這樣惡性循環下去。

一直到某天酒醉後在馬桶上嘔吐時，發現吐出了些微血絲，我才意識到再這樣下去不行。失戀已經傷心了，我可不能再傷身。

有時候，重新振作起來的契機就是這麼微小又可笑。

「黎映，妳準備好了嗎？」謝如瑾的訊息傳來，打斷了我的思緒，她還附上了一張自拍照。

「不是要去自宇宙嗎？妳怎麼全副武裝？」我看著完美妝容以及合身衣裳的她，

「不是說好眞身要裸體嗎？」

「哈哈哈，誰跟妳說要裸體！我這叫做儀式感。」

「還儀式感呢，什麼老派的說法。況且妳眞身穿得再完美，分身沒有任何裝扮也沒有用啊。」

「吼，反正我們是上去聽音樂的！又沒關係。」謝如瑾被我氣得如此回嘴，而我笑了起來。

「時間到了，自宇宙見。」

「好，等等見。」

我把手機關成勿擾模式，走到電腦前拿起一旁的小盒子，裡頭有個精緻的白色圓形裝置，拿起後下方有個圓形金屬物，將金屬面貼在太陽穴的位置，瞬間眼前的畫面不變。

您即將進入自宇宙，若要繼續請同意。

「同意。」

請確保您所處的地點安全，並請躺在舒適的位置。

我稍稍挪動一下身體，因爲不確定會在天使待多久的時間，想了想，還是移動到床上比較好。

所以我摸著桌邊，沿著床頭櫃來到了床緣，屁股坐下後才躺上床，然後輕聲開口：「確定。」

您即將進入自宇宙，再次提醒，請記得開啓現實世界的聲音效果，以防您待在自宇宙時發生危險，並請留意避免強制摘除裝置。

現在開始倒數，三、二、一……

我像是進入了深度睡眠，但時間不過一秒。接著張開眼睛，就來到自宇宙裡爲使用者設置的「小屋」。

不管來幾次，我都覺得這個空間單薄得可憐。

初次註冊自宇宙後，系統會給使用者一個「我的小屋」，使用者可以在現實世界花錢儲值虛擬貨幣，在自宇宙購買家具或生活用品，將小屋布置成有生活感的「家」。

「家」嚴格說起來就是個人空間，只有加入好友的對象可以進來參觀，但也要本人同意才行，平常是不能隨意進來的，就連窗戶也可以設定是否能從外面看到屋內狀況的模式。在這方面，自宇宙的隱私做得很不錯。

不過因爲我很少上自宇宙，也不想花錢儲值來布置小屋，所以裡頭的家具和衣服等，都是自宇宙預設的模組，也就是初心者最開始的模樣。

聽說以前的遊戲最多只到虛擬實境，況且還不夠眞實，但那時候就有人會願意花很多錢布置小屋，更何況現在自宇宙的眞實感，就宛如來到另一個世界般，所以會有更多人願意花錢在這裡，好像就不難理解了。

另外，雖然自宇宙裡的時間流逝和現實不同，可是政府爲了不讓人過度沉迷自宇宙，所以規定若是連續使用自宇宙四小時就會被強制登出，且至少登出一小時後才能再次登入。

畢竟眞實的自己可是躺在床上，總該喝水、上廁所，才不會影響身體健康吧。

那，這樣布置小屋還有什麼意義呢？

況且如果想要在自宇宙過得滋潤的話，還是得靠現實的金錢儲值才有用呀。

所以結論就是，自宇宙終究是個虛假的世界，人還是得活在眞實世界才行。

只是好像越來越多人會搞混這一點。

「話說回來，自宇宙創立的初衷明明就是如此良善呀……」我喃喃道，換上衣櫃裡的白色洋裝，並用梳妝台上的粉餅和遮暇膏上妝。

這裡，是自宇宙，以元宇宙爲基準後，又延伸出來的另一個虛擬世界。

只是這裡結合了精神領域，總之聽說是與複雜的人腦有關，所以進入這個世界的都是本尊，是沒有辦法冒名的，畢竟進入前戴上的裝置就是在提驗DNA。

也就是說，即便是在這個虛擬的世界，我們的外型也會與現實中相同。

自宇宙是由政府所創立，後來交給民間企業經營，但政府有監管責任。最初創立的初衷非常仁慈與良善，甚至可說是一種救贖。

對於被判定腦死或植物人的家屬來說，自宇宙是他們的希望。

沒錯，自宇宙雖然是人人皆可註冊的地方，但最初這裡是為了病患而設計的，雖然現實中的身體無法修復，但精神可以來到自宇宙，將這裡當做是眞實世界般「活著」，不用被囚禁在失能的軀體中，家屬也可以進自宇宙與曾經在醫學上被判定無法生活自理的家人重逢，這無疑是一大進步。

只要家屬向自宇宙登記，自宇宙公司便可以使用後台讓病患直接進入自宇宙。

後來，自宇宙越發展越大，吸引越來越多一般民眾註冊，並且進入自宇宙時需本人同意，以防被他人強迫進入。於是，就成了現在我們所看見的自宇宙。自宇宙裡的東西應有盡有，現實中會有的產品，在自宇宙也會有，價格還是現實的五分之一，所以很多人會把錢花在自宇宙來裝扮自己。但我認為這樣有點本末倒置了，畢竟現實中的自己還是沒辦法打扮啊。

不過，因為自宇宙實在太過眞實，所以某方面也有「幫眞實的自己打扮」的錯覺。自宇宙還有一個很棒的設定，就是可以自己決定髮型，例如此刻鏡中的我一樣，現實世界的我是短髮，但在自宇宙中我將髮型設定為長髮，兩種模樣一次滿足。

「黎映，妳到了嗎？」眼前的視窗出現謝如瑾傳來的訊息，我馬上回覆。

「我現在就出門，妳再給我一次天使的座標位置。」

「妳還要走過來喔？點這個連結就可以直接傳送過來啦！」謝如瑾說完就傳來一段網址。

「我想說用走的比較有感覺嘛。」

「等妳走來都不知道多久了，現在立刻馬上傳送來！」

我彷彿可以想像謝如瑾鬼叫的模樣，所以我趕緊點開她傳來的網址，眼前倏地出現一扇白色大門，上頭掛著「天使」兩字的招牌。

我再次看著鏡中的自己，確認儀容一切沒問題，便轉身打開那扇白色大門。

震耳欲聾的音樂傳來，夜店特有的溫熱氣息與酒水味道也撲面而來，我忍不住起了雞皮疙瘩，自宇宙裡的天使也做得太好了吧，這一切的感官刺激都像是眞的一樣。

「嗨！黎映！」謝如瑾頂著一頭粉紅色頭髮，身上還穿著全新的短褲與短T，讓我驚訝無比。

「妳儲值了？儲了多少？」我看著她一身全新行頭，這些不便宜吧！

「儲了三千，嘿嘿。」謝如瑾尷尬地笑著。

「妳瘋啦！三千耶！」

「哎呀，我想說第一次來自宇宙的天使，總要打扮一下吧。哪像妳老是穿著系統最初送的白洋裝⋯⋯」

「有什麼關係，反正這裡又不是現實世界，現實世界的我有其他衣服就好。」我雖這麼說，但仔細一看，周遭還眞的沒人穿初始裝呀。

「話可不能這麼說呀，這裡其實也算是另一個眞實世界吧？畢竟我們的外貌和現實一模一樣，妳沒聽說最近因爲在自宇宙相遇，而在現實世界戀愛的人變多了？所以在自宇宙還是要注重打扮的喔。」

「還有不少在自宇宙談戀愛以後，才發現對方在現實世界中是植物人的新聞呢。」

「齁，妳不要舉一些極端的例子。」謝如瑾嘟嘴，我這才發現她連口紅都買了。

「妳三千是全部花完了嗎！」我驚呼。

「是呀，這可是M牌的口紅喔，現實中要賣一千多，這裡只賣兩百啊！這麼便宜當然要買了。」

「但是現實中的妳並沒有這個口紅啊！」

「現實中的我也買不起M牌的口紅，所以就在自宇宙過過乾癮囉。」

「這些都是商人的陰謀！」我怪叫，謝如瑾則回我個白眼。

「啊，開始了。」她朝前方指去，只見舞台上的DJ位置站了一個人。

「謝謝大家今天來自宇宙一同歡慶天使的開幕會，現場所有人不只在這裡招待一杯酒，現實世界也會招待一杯酒！」DJ雙手高舉，同時間每個人的視窗螢幕都出現了一組條碼，「憑此條碼就可以到現實世界的天使兌換。現在，請各位盡情聽音樂、跳舞、玩樂吧！」

台下發出熱烈的尖叫與歡呼，越來越多人來到天使，不過卻不會讓人有擁擠的感覺，這也是自宇宙厲害的地方，會隨著人數多寡改變場地大小，現實世界就做不到這種效果。

每次進來自宇宙，總是會對許多現實世界中不可能發生，體感卻如此眞實的狀況感到神奇。

我和謝如瑾去吧台領了一杯酒，一口氣喝完後，兩個人邊聽音樂邊在舞池中擺動身體，忽然我被人撞了一下，才想起忘記開啓勿擾模式。

當我叫出系統操作介面，點選勿擾後，身體周圍浮現出紅光，最後像是結界般包圍住我的身體，這一刻開始，除了我允許的對象外，誰都不能碰觸或打擾我。

我們繼續在舞池中跳了一會兒後，覺得有點累，雖然知道這只是一種大腦反應，但還是決定到一旁休息。

「我不懂爲什麼有些人會把自宇宙當做眞實世界，畢竟在這裡雖然可以模擬五感，也模擬了身體其他的機能，我們雖然會累會喘，但是和現實中的感覺還是不太一樣呀。」況且，系統會從我們腦中對某些食物的記憶來提取它的味道，所以沒喝過酒的人，在自宇宙中喝酒的感覺就像是在喝水。

「黎映，我覺得妳眞是最不適合來自宇宙的人了，每次進來就有一堆潑冷水的問題。」謝如瑾搖頭，「妳得放鬆地玩呀。」

「抱歉，我只是今天有點煩躁。」我扯了嘴角，把下午的事情告訴謝如瑾。

「哇賽，男生那群王八蛋，明明涂之渙的那件事情妳是受害者，他們還敢說妳是瘋子？」謝如瑾氣得牙癢癢，「不過那個蕭睿裴真不錯耶，他的說法很中立。」

「對啊，眞是意外。」畢竟我和蕭睿裴不熟，他卻還幫我說話，實在不容易。

「好啦，就別不爽這些事情了，我們今天是爲了好好放鬆才來的。」謝如瑾搖晃著我的手，「把勿擾關掉啦，有幾個男生想跟妳搭話都沒辦法耶。」

「我不是來放鬆的嗎？」

「對呀，但是妳也該談一場新的戀愛，發展新的可能。」

「就算要發展新戀情，也不會是從夜店開始吧。」

「不要對夜店有偏見啊，我們也喜歡來夜店，但我們是不值得交往的對象嗎？」

「……」

「所以啦，關掉勿擾，就當交交朋友。況且在自宇宙裡面，如果妳不喜歡對方還可以封鎖他，以後就見不到啦。」

說的也是，這點的確比現實世界方便許多。

「好吧。」我決定聽從謝如瑾的建議，關掉勿擾，今天就讓自己更加放鬆一些。

「太好了，走吧走吧！」謝如瑾拉著我的手又要往舞池走去。

「好啦，我自己可以走。」

我們進入舞池中跳著舞，我聽著這些音樂，想想來自宇宙的夜店也挺不錯的，畢竟這音量大到幾乎要震破耳膜的音樂，要是在現實的夜店裡，聽不了多久耳朵就會受不了，但是在自宇宙，只要降低聽覺的感官設定，就算聽一整夜的音樂也不會不舒服。

但解開勿擾沒多久，我就開始後悔了。有個男生一邊跳舞一邊故意往我這裡擠過來，舞池可沒有擠到幾乎要貼在別人身上的程度啊。

所以我瞪向對方，想讓他知難而退，但不知是燈光太昏暗，還是他自我感覺太良好，對方在與我對眼後變得更加興奮，似乎以為我允許他的觸碰一樣。

「如瑾……」我正打算跟謝如瑾求救，卻發現謝如瑾忽然臉色慘白。

「我媽好像回來了，天啊，我聽到開門的聲音，我得先下線了！」她說完後對我揮揮手就馬上登出，我連求救的話都來不及說。

「妳朋友離開了呀？是要留給我們單獨相處的空間嗎？」結果這個噁男變本加厲，居然直接貼了上來，手還搭在我的肩膀上。

噁噁噁，我瞬間雞皮疙瘩掉滿地，正要叫出視窗，打算下線。

「寶貝，是我不好，不要生氣了啦。」忽然一個男生跑過來，技巧性地卡在噁男與我之間，卻恰到好處地沒有碰觸到我。

「咦？」噁男發出疑問聲，「妳男朋友？」

我看了啞男一眼，又看了前來幫助我的男生，然後點點頭。

「啊，抱歉，我看剛才只有她們兩個女生，以爲是……」啞男話都沒說完就溜了，還很俗仔的馬上登出。

「呼。」我頓時鬆了一口氣，對著前來相救的男生說：「謝謝你。」

「沒什麼啦，我是看妳好像很困擾，所以才過來幫忙，希望沒打擾到妳。」他朝我微微頷首，轉身就要離開，我立刻伸手拉住他。

「啊！」他被我一拉，整個人差點往後倒。

「抱歉，忽然拉住你。謝謝你幫我，我請你喝杯酒吧？」

「舉手之勞，不用謝啦！」他擺擺手，還看了下我的衣服，「妳把錢留著自己用就好了。」

我瞬間紅起臉，仔細一看，眼前這個男生的穿著雖然簡單，但配件很多，手錶、戒指、帽子都有，就連鞋子都是當下流行的款式。

看樣子是個臺幣戰士，對比我一身新手裝，難怪他會這麼說。

「請不要誤會，我只是不想存錢在這裡，但一杯酒我還是請得起的。」我刻意強調最後那句話，被人看不起有點不爽。

「我不是那個意思，我只是想說……」他抓了抓頭，「好吧，那就謝謝妳了。」

「太好了。」

我們走到吧台邊看了飲料單，最後我點了長島冰茶，他也跟我點一樣的，然後有些興奮地說：「我在現實世界中沒有喝過長島冰茶，不知道在這裡喝起來會是什麼味道。」

「那可能會用你想像的味道來替代喔。」

「妳有經驗？」

「嗯，我第一次來自宇宙時，特地花了錢去吃和牛，畢竟自宇宙的和牛價格和現實比起來只有五分之一呀，結果吃起來跟夜市牛排的味道一樣。有了那次經驗後，我就不在這裡儲値了，想想那一次眞是失心瘋。」

「但不是會變成想像中的味道嗎？」

「因爲我從來沒吃過和牛這麼高級的牛肉，所以根本想像不出來，記憶中只有夜市牛排的味道。」說出這點還眞有點糗。

「哈哈哈，原來如此！」他大笑起來，我才發現他的笑聲很好聽。「那我就來喝喝看，這杯長島冰茶會變成什麼味道囉。」

他舉杯喝了一口，然後咬著上唇似乎在思考什麼。

「如何？喝起來是什麼味道？」

「很像雪碧的味道，還有點涼涼的，可能是因爲上面放了薄荷葉的關係。如何，現實世界中的長島冰茶是這種味道嗎？」

「有一點像喔。」

「看來我的想像力還不錯啊！」他說完後拿下帽子撥了撥頭髮，這時我才看清楚他的長相。

他的頭髮像大狗蓬鬆的軟毛，連髮色都像黃金獵犬的金毛一般，眼尾雖然有些下垂，但笑起來的時候很可愛，給人一種單純無害、很好親近的感覺。

「對了，妳還是學生嗎？應該是大學生吧？幾年級？」

「啊？我、我現在大三，要升大四了。」我趕緊別過頭，居然瞬間看呆了。

「那跟我一樣耶，我們要不要加個好友呢？」他看起來人滿不錯的，而且我今天本來就想好好放鬆，不多加設限，所以對他的主動邀請，我點頭同意。

「太好了。」他伸出手攤平，我也將手懸空放在他的手掌上方，這時候我們的視窗同時跳出來。

確定與賀天尹成為好友？

「確定。」

「確定。」

我們同時說著，我的好友人數從一變為了二。

「妳叫黎映呀？這名字很好聽耶。」

「你的名字也是，父母很會取名喔。」

「哈哈哈。」

「黎映，妳還要玩多久？該睡了吧！」

媽媽的聲音忽然傳來，把我嚇了一跳，媽媽還沒睡嗎？

「抱歉，我媽媽在找我，我要先下線了。」

「喔，好呀，下次有機會見面再聊吧。」賀天尹對我揮揮手，他瞇眼微笑的模樣看起來有些不眞實。

雖然這裡並不是眞實的世界，但在微醺、燈光、音樂聲等多重效果之下，使得他看起來有些魔幻。

「掰掰。」

您準備登出自宇宙，是否確定？

「確定。」

我登出自宇宙，回到現實世界，一睜開眼睛便看見媽媽雙手扠腰站在房門前，剛才在夜店那種飄飄然的感覺瞬間消失，我趕緊坐起身，將貼在太陽穴上的裝置拿下來。

「妳還在玩什麼？快點睡覺了啦！」媽媽見到我把裝置收回盒子裡後，才將我房門關上。

嗯，雖然登入自宇宙很方便，少了路程來回與裝扮的時間，且登出後馬上就能在床上躺平睡覺，但如果是去現實中的天使，媽媽就沒辦法這樣管我了，至少不會在我認識新朋友的時候突然出現。

我拿出手機，看見謝如瑾傳來道歉的訊息，我卻只是微笑。

「我也被媽媽罵了。」我回。

「哈哈哈，那下次去眞實的天使吧。」謝如瑾發送一個大笑的貼圖。

我想起賀天尹，要是在眞實的天使遇見他，現在我們或許還在聊天吧。

第二章

「什麼？妳居然在自宇宙加了新朋友。」謝如瑾一邊吃著茶葉蛋，一邊驚訝地聽我說著昨天後續發生的事。

「因爲有個噁男一直騷擾我，他看到就趕緊來救我，順便就……」我聳肩。

「新朋友是不是長得很帥呀？」謝如瑾挑眉問。

「我有那麼膚淺嗎？」

「到底是不是很帥啦？」

「嗯……算是吧？」

「我就知道！」謝如瑾發出尖叫聲，「看吧！我就說要多多邂逅新的朋友，這樣才可能有新的戀情啊。」

「妳也太誇張了吧，我只是加了一個新朋友，妳卻講得我跟他好像要交往一樣。」

「哎呀，凡事總有開始啊。」謝如瑾感覺心情很好。

我懂她擔憂我的心情，有如此爲我著想的朋友，無疑是我的福氣。

經過涂之渙事件後，我看清了很多人，才知道原來身邊有許多人都等著看他人的笑話，表面上假裝關心，其實私底下都在八卦。所以我把許多朋友刪除，甚至封閉自己的交友圈，度過一段很令人擔心的日子。

「對了，既然這樣，今天要不要就去眞實的天使呢？」

「才不要，連續兩天去夜店妳不覺得累嗎？」

「昨天我們根本沒出去，只是躺在家裡而已，哪會累呀。」謝如瑾線上線下分得很清楚。

「妳不覺得就算身體不累，腦袋也很累嗎？」

「我覺得還好啦。」謝如瑾說著，視線卻往我身後的方向飄去，「蕭睿裴耶。」

「怎樣？」

「他朝我們走過來了！」

「我們坐在便利商店前面，他應該是要去便利商店買東西吧？」我一點也不在意，打開面前的泡麵蓋子。

「哈囉。」結果蕭睿裴居然眞的是來找我們的，他一手拎著背包，一手撐在桌面上，「我們上同一門通識課的，昨天還見過面，記得嗎？」

「喔，記得啊……」謝如瑾尷尬地笑著，然後瞄了我一眼。

這女的不是很想好好認識蕭睿裴嗎？現在有機會又縮了。

「怎麼了嗎？」雖然我也有些緊張，但還是維持著處變不驚的表情。

「我以後不會再幫他們占位子了，眞是抱歉。」蕭睿裴說完便拉開一旁的椅子逕自坐下，接著從背包裡拿出麵包。

我和謝如瑾對看一眼，心想，我們並沒有要和你一起吃午餐耶！

「那很好啊。」我看著自己的泡麵，才剛泡好，也不可能帶走……只好低頭慢慢地吃起來。

「結果他們說，以後就不幫我買早餐了。」

「喔……」

「我查過妳們日文系的課表，前一堂課結束後，走來通識課教室時會經過另一間便利商店。」

我瞪大眼睛，蕭睿裴的意思該不會是……

「可以順便幫我買一點吃的嗎？然後我幫妳們占位子？」他露出無敵好看的笑容說著無恥的話，唉，再帥也沒用。

但謝如瑾這沒出息的傢伙一臉就是想答應對方的樣子，我見狀趕緊拒絕。

「不行，我都制止你幫別人占位子了，怎麼可以因爲換了對象就答應你這麼做，這樣我不就沒有立場了？」

「黎映呀！」謝如瑾輕輕拉了拉我的衣袖。

「妳的邏輯很清晰耶！」蕭睿裴對我比了個讚。「但如果這樣的話，我上課肚子會很餓。」

「所以？」

「所以就只好繼續請我朋友幫我買早餐，我幫他們占位子做為報答了，妳也知道人要有恩報恩啊。」

我的天啊，他現在是在威脅我嗎？

「沒關係啊！你就繼續占位子，反正我們到教室，有座位就會坐！」我立刻快速大口吃著泡麵，想要帥氣離場。

但現實是，泡麵這種熱食是沒辦法快速吃完的，我被燙了好幾口，還不小心嗆到咳了好久，實在有夠糗。

「好吧！談判破裂了。」蕭睿裴將最後一口麵包塞進嘴裡，接著兩手一攤，「那再見啦。」

「他到底來做什麼的？」我看著蕭睿裴離去的背影，不敢置信地轉頭看著謝如瑾，「他是這種個性的嗎？真是毀了他那張帥臉耶！」

「不會呀，妳不覺得他痞痞的樣子也很帥嗎？」謝如瑾兩手放在臉頰邊，一臉花痴，「而且這樣我們跟他算不算就是認識啦？」

「妳真是沒救了，什麼認識，他連我們的名字都不知道耶！」

「他知道妳的名字啊，真是的，我剛剛應該要自我介紹的！」謝如瑾很是懊惱，接著拿起手機，「沒關係，我現在自我介紹也不遲！」

「妳要幹什麼？」我看見謝如瑾打開社群平台，搜尋蕭睿裴，然後主動按下追蹤。

「他會以爲妳對他有意思喔。」我在一旁說著風涼話。

「拜託，他那種等級的，每天有多少女生主動追蹤他啊。話說回來，又不是主動追蹤他就表示對他有意思，我只是想看看帥哥而已啊。」謝如瑾依舊理直氣壯，有時候還眞羨慕她這樣的個性。

「我的天啊！」謝如瑾忽然大叫，把手機遞過來給我看。「妳看，他回追我耶。」

「喔喔，恭喜啊。」我邊說邊幫她拍手，突然我的手機也傳來震動提示。

我一拿起手機，瞪大眼睛，「欸，蕭睿裴居然也來追蹤我，爲什麼他會知道我的帳號？」

「哇，他主動追蹤妳？天啊天啊，好羨慕。」謝如瑾大驚小怪的，「他一定是查看了我的頁面，找到妳的帳號啊。」

對喔，謝如瑾的頁面有很多我們兩人的照片。

「是喔。」接著我按下拒絕。

「哎呀，黎映，不是說好了要拓展交友圈嗎？」

「我不是在自宇宙已經加了新朋友嗎？」

「不一樣啊，那是線上的朋友，我們還是要多交一點現實中的朋友啊。」謝如瑾還眞是見人說人話呀，現在又堅持要交現實生活中的朋友才更好。

「都妳在說！」我忍不住捶了她一下。

上完一整天的課之後，我和謝如瑾到學校附近的餐廳吃晚餐，因爲她把大部分零用錢拿去自宇宙儲值的關係，只能點最便宜的肉醬麵還不能加套餐，而我看著錢包裡的鈔票，認眞思考著是不是至少可以在自宇宙裡買件新衣服。

「妳要點什麼？」謝如瑾問。

「就吃這個吧，加套餐。」

「哇，妳是零用錢增加了嗎？」

「我只是沒有把錢花在自宇宙上面。」我哼了聲，覺得自己剛才居然還在考慮買新衣服給分身，這想法眞是太可笑了。

「不知道蕭睿裴有沒有玩自宇宙，好想知道他會怎麼打扮啊。」謝如瑾滑著蕭睿裴的社群平台，一邊繼續發花痴。

「應該跟他本尊一樣花俏吧。」我按下桌上的按鈕，眼前出現投影畫面，依序點下我們想要的餐點。

「哇，那一定很帥。如果我可以跟他在自宇宙見面，光想像那個畫面就覺得好浪漫啊。」謝如瑾今天眞的是花痴上身。

「他不是有女朋友嗎？」我突然想到。

「分手了，聽說他女友和前男友在自宇宙偷偷見面，被他知道後就分手了。」

「所以他是去自宇宙抓包還是怎樣？」

「這我就不知道了。」

「妳八卦沒打聽清楚，眞是失職。」

「齁，我又不是開徵信社的，這些事我也是聽別人說的。」

「爲什麼我都沒聽過？」

「因爲妳不感興趣啊。」謝如瑾說完就起身去了洗手間。

我只能搖頭。此時手機傳來通知，顯示是賀天尹從自宇宙發來的訊息。我有些驚訝，他怎麼會傳訊息給我？

我點開自宇宙的APP，顯示著「賀天尹送你一個禮包」。

「禮包？他爲什麼要送我禮包？」

可惜使用手機，我沒辦法回覆自宇宙的訊息，看來只能等回家後再登入查看了。

就在這時候，感覺有人朝桌邊靠近，我本以爲是服務生送餐點過來，也沒抬頭看，只是移開手，空出桌面。

「哇，沒想到眞的是黎映耶。」

對方一開口，我的身體瞬間僵住。

「哈，黎映妳也來吃飯呀？要不要跟我們一起呢？」這個聲音我永遠不會忘記。

我有些顫抖，緩緩地抬起頭，看見幾個女生站在桌邊，她們帶著輕藐的笑容，有人扠腰有人環胸，居高臨下地看著我。

而為首的便是康雅婷。

「我、我和朋友……」我覺得自己快喘不過氣了，明明我沒做錯什麼事，明明不該是我感到羞恥，但這個時候，我卻無法呼吸。

「哎呀？和誰？」

「還能有誰，不就是她那個土裡土氣的朋友謝如瑾嗎？」

「喔？那個跟著她一起哭一起鬧的丟臉女？」

幾個女生一搭一唱，我很想反駁，卻發不出聲音。

「喔？怎麼了？」站在最前面的康雅婷瞪著我，她漂亮的眼睛、姣好的身材，讓我每次見到她都會自慚形穢。

怎麼辦，我覺得自己好像快暈倒了，眼前一片黑，我好想逃離這裡。

事情都過了一年，我為什麼還是沒辦法為自己發聲？

「喔，黎映，這些人是妳朋友嗎？」

我像是忽然被喚醒一樣，朝聲音方向轉過頭去，只見蕭睿裴帶著輕鬆的笑容，手裡還拿著自助吧的飲料。

「呃？」

「是蕭睿裴……」

那群女生竊竊私語，似乎十分驚訝。

「蕭睿裴，你們認識啊？」康雅婷扯開僵硬的微笑。

「我跟黎映嗎？當然，我們是關係非～常～親密的朋友。」蕭睿裴用一種曖昧的語氣說著，然後坐上原本該是謝如瑾的位子。

「黎映，她們是妳的朋友嗎？」

我拚命搖頭，握緊的雙拳因過度用力，指甲都掐進手心裡。

「討厭啦，蕭睿裴，我們上同一堂課的啊，你不記得了嗎？」康雅婷尷尬地笑著。

「有嗎？哪一堂？我怎麼不記得。」蕭睿裴看著我微笑，「黎映，如果不是妳朋友的話，那我就請她們離開囉。」

「哼，不用！」康雅婷氣沖沖地轉身，朝另一邊的座位走去，邊走還邊罵……而且只罵我。

「哇，女人真恐怖呀。」蕭睿裴挑起眉毛，看向那幾個女生的背影，「這下怎麼辦，她們還在，我是不是繼續坐在這裡比較好？妳可以請謝如瑾暫時去坐我那桌。」

我顫抖著手，拿起手機點開謝如瑾的頁面，卻看到她也正好傳訊息過來。

「我都看到了，讓蕭睿裴跟妳在一起比較好。我去他那桌坐。」

「她都看到了，她會去你那桌坐。」我對蕭睿裴說，然後深深地嘆口氣。

「剛才站最前面的女生，是涂之渙的女友吧？」蕭睿裴喝了一口飲料，饒富趣味地看著我，「妳應該更有立場大聲說話的，怎麼反而是她比較囂張呢？」

我握著裝有白開水的杯子，搖搖頭，「我不知道，或許是涂之渙的態度對我造成影響吧。我知道自己可以大聲，但……」

「嗯，涂之渙也不是什麼好東西啊。」忽然蕭睿裴揚起嘴角微笑，雙手靠上桌面，「我跟妳打賭，妳和我同桌吃飯這件事情讓涂之渙知道的話，他一定會來找妳。」

「怎麼可能。」

「當然有可能，對象可是我呢。」蕭睿裴對自己非常有信心。

「……總之，謝謝你了。」

「舉手之勞。」蕭睿裴擺擺手，「那要考慮幫我買東西，我幫妳占位子嗎？」

「這是兩件事情，不要混為一談。」

「哈哈哈。」

於是我就和蕭睿裴意外地一起吃了頓飯，而且因為方才那票女生也都還在位子上，蕭睿裴只能吃謝如瑾點的肉醬麵，謝如瑾則吃到蕭睿裴點的豪華大餐，眞是賺到了。

直到那些女生離開後，謝如瑾才跑過來，一邊抱著我說：「眞是冤家路窄，她們明明不會來這裡吃飯的啊！」

「在學校附近很難不遇見吧。」蕭睿裴吃光了肉醬麵，順口問：「豪華大餐好吃嗎？」

「抱歉，我會付你錢……啊等等，我沒錢了！」謝如瑾哭喪著臉看向我。

「嗯，你那個豪華大餐多少錢，我幫她付。」

「不，我不要錢。」蕭睿裴露出微笑，讓我有不好的預感，「妳們幫我買早餐，但我不會幫妳們占位子，這樣可以了吧？」

「你……這對我們沒有好處吧？」

「是妳說不要占位子的呀，這樣不是更好嗎？幫我買早餐，分期抵扣，直到扣完爲止。」蕭睿裴看著謝如瑾，「分期付款對妳來說也比較好吧。」

「對、對，這樣比較好！小額還款比較輕鬆！」謝如瑾像是感謝神明的恩典一樣，但我總覺得這樣好像不太對。

不過，看在蕭睿裴剛才幫了我的忙，就算了吧。

後來蕭睿裴回到他的座位，而我和謝如瑾則收拾東西後便離開。

走出餐廳，外頭有些涼意了，進入夏天的尾聲，秋天即將到來。

「反正時間還早，我們要不要去廟裡拜拜，防個小人。」謝如瑾提議，我也同意。

雖然科技已經如此進步，但求助神佛保心安仍是難免，我們便往最近的廟宇走去。

現在遠端拜拜、遠端求籤越來越盛行，甚至連自宇宙都有許多廟宇進駐，不過我還是覺得親自來廟宇拜拜最有誠意。

我誠心祈求，最好永遠不要再遇到那群王八蛋，雖然同校要完全不遇到不太可能，但至少不要像今天這樣正面對決，也不要再有交集。

「拜託神明，雖然香油錢不多，但還是請保佑我微小的願望。」我邊說邊鞠躬。

「既然都來了，順便抽個姻緣籤怎麼樣？」

「不要啦。」

「抽一下又不會怎樣。」謝如瑾說完就自己去抽，結果神明不給籤，她苦著臉走回來，「我是不是命中註定要孤老終生？不然爲什麼神明不給我姻緣籤？」

「可能現在沒有緣分罷了，況且這種事情信者恆信，選妳想要相信的事就好啦。」我安慰著謝如瑾。

「不管啦，那換妳去抽一張。」

拗不過她，我意思意思地也抽了一張，結果第一次就三個聖杯，抽了籤詩後看不太懂，還上網查詢籤詩的含意。

「註定的對象在近期會給妳莫大的幫助。」我念著翻譯出來的白話文字，然後皺著眉頭。

「天啊，這超準的，蕭睿裴剛才幫過妳啊！」

「瘋了喔，怎麼可能。」我將籤詩塞進口袋，「妳怎麼不說是賀天尹，他也有幫我啊。」

「賀天尹，誰呀？」

「就是在天使幫我的那個男生啊。」

「喔，那種線上的不算啦！當然還是眞實的比較近啊！」謝如瑾擺擺手。

「現在又說線上不算，那蕭睿裴的前女友不也是線上搞外遇嗎，這樣也不算搞外遇呀！」

「吼，妳不要強辭奪理！」謝如瑾不接受我的反辯，「妳這話就像是『精神出軌是出軌嗎』一樣。」

「精神出軌屬於單向的，但大家都認爲那就是出軌，更何況是在自宇宙往來，那是雙向的，而且自宇宙幾乎跟眞實世界一樣，所以幾乎可以完全算是出軌了。」我雙手扠腰，「所以說，沒有什麼線上的賀天尹比不上現實的蕭睿裴這種話！」

「這麼說起來，妳是比較喜歡賀天尹囉？」

我傻眼，「怎麼會變成這種結論。」

「不然妳一直在那邊賀天尹、賀天尹的。」

「我只是爲了堵住妳的嘴！」我搖頭，覺得這些爭論十分可笑。「好啦，不鬧了，我要回家了。」

搭車回家的路上，蕭睿裴的追蹤邀請再次傳來，有鑑於稍早他救了我的恩情，這次我按下了同意，也禮貌性地回追他。

我稍微看了一下他的個人頁面，他和許多朋友外出遊玩或拍攝影片的貼文都有好幾千個讚，看來他除了學校的朋友外，還有很多陌生的粉絲。

回到家後，爲了看賀天尹送了什麼禮包給我，我將裝置貼上太陽穴，因爲打算短暫登入，所以只坐在椅子上。

閉上眼睛，再次睜眼，我已經來到自宇宙的小屋，看見門口放了一個箱子。

這箱子比我想像的還要大，我手滑過一旁的條碼，系統確認是我本人後，箱子便直接打開，裡頭是衣服、鞋子、化妝品、包包等女性用品，而且每項單品都不只一件，光是鞋子就好幾雙。我立刻叫出視窗查看這些物品的價格，看了差點暈倒。

這些衣物加起來少說也要兩三千，自宇宙的價格只要現實的五分之一，這樣換算下來……一個只見過一次面的人送我這些東西實在太大禮了！

我立刻搜尋賀天尹是不是在線上，果然看見他在線燈號顯示是綠燈，於是馬上丟了訊息給他。

「我收到你的禮物了，這些太貴重了，我不能收。」

「哈囉，晚安啊！沒什麼，妳就收下吧。」

「不行，太貴重了啦！」

「眞的沒什麼啦，就請收下吧。」

「你人在哪裡？」

「我在公園散步喔。」

「那我過去找你。」

我準備出門前，看了一下箱子裡的衣服，最後挑了襯衫和長褲，並換了雙高跟鞋。

「哇。」我在鏡子前面端詳，現實中的我絕對不可能這樣打扮，因爲穿高跟鞋走路太痛了，可是在自宇宙，我可以關掉痛感模式，這樣無論怎麼走都不會感到疼痛。

但也正因爲如此，才更能提醒自己這裡並不是現實世界呀。

當我來到公園的時候，見到賀天尹正站在中央的噴水池邊，欣賞那壯麗的西洋雕刻。他今天的打扮和昨天又不一樣了，藍色的短袖襯衫與工作褲，手上還戴了支錶。

「哈囉。」我上前跟他打招呼，他一見到我穿著他送的衣服，露出開心的表情。

「很好看。」

「你爲什麼要送我禮物？」

「嗯，這就像是新手村打怪，偶而不是會遇到那種等級很高的人帶練嗎？我就是抱持著這種心情喔。」

「啊？什麼意思？」

「意思就是，看妳沒什麼裝備，而我正好有能力可以送裝備，所以妳就收下吧。」

賀天尹這些話聽起來似乎為此感到驕傲，但他的表情又很真誠，所以我忍不住笑了。

「這樣我不就超級好運？」

「是呀，妳這樣想就好。」

「你遇到每個打扮窮酸的人，都會這麼做嗎？」

「不，妳是第一個喔。」

「為什麼？」

「我也不知道，一種感覺囉。」賀天尹笑著。

「這樣我收禮物收得很不安心，還是說有什麼事情我可以幫忙的？」

「那不然就和我聊天吧？」

「聊天？」我總覺得有些奇怪，「好像花錢點坐檯小姐。」

「哈哈哈哈，為什麼把自己想成坐檯小姐呀。」

「我也不想啊。我還是把東西還給你好了。」我說完就要叫出視窗，將物品退回。

「系統沒有退回模式喔。」

「咦？」我找了一下，還真的沒有。

「所以妳就收下吧，反正這些錢對我來說也沒什麼。」賀天尹看著前方的噴水池，

「我的家人幫我存了不少錢在自宇宙，但我在這裡也沒什麼朋友，根本沒地方花錢。」

這讓我有些意外，賀天尹的外型絕對不會是沒有朋友的類型，而且家人還在自宇宙

存了不少錢給他……聽起來還眞奇怪。

「如果家人在自宇宙都能給你這麼多錢，現實中不就給更多嗎？」我開玩笑地說。

賀天尹只是聳肩一笑，「是呀，但有時候我要的也不是這些。」

「……」

「抱歉，這話聽起來是不是很欠揍？我朋友常說我的煩惱聽起來很討人厭。」

「是有一點，不過你剛才不是說沒朋友嗎？」

「我在自宇宙裡沒有朋友，但現實中有。」

「你現實世界的朋友沒有在玩自宇宙嗎？」

「妳看，那裡有賣甜甜圈的攤販耶。」賀天尹手指向前方，有個攤販正以數位化的方式逐漸顯現，「甜甜圈我們在現實世界中都吃過，這下子總不會想像不出味道吧。」

「啊，這讓我請客！」我立刻說，剛才進來自宇宙前我已經先儲值了一千元，原本想要買禮物回送給他，但我打量了一下賀天尹全身的行頭，有種自宇宙有的東西他全都有了的感覺。

「好啊，交給妳了。」還好他沒連這個也跟我搶，乾脆地答應讓我請客。

我們把每種口味的甜甜圈都點了，因爲在自宇宙裡還有一個好處就是，不會發胖！畢竟這一切都是發生在虛擬世界啊！

「這也太好吃了，跟我家附近的甜甜圈一樣好吃。」賀天尹咬了一口後驚爲天人。

「你一定是想像成你家附近好吃的甜甜圈的味道了。」

「哈哈，有可能喔。」他又咬了幾口，「我家附近那家甜甜圈很有名，每次都很多人排隊。」

「是哪一家？改天我也去買來吃吃看。」

他沒回答，似乎在猶豫，引起我的好奇，「怎麼了，不能分享嗎？怕太多人知道，排隊的人會更多？」

「不是，我只是在想，在自宇宙裡大家不是都很保護個人隱私嗎？」

我一驚，的確，在最初註冊自宇宙時，有一道警語寫著「切勿透露現實的身分與位置」，但因爲我很少使用，就算有，也只是和謝如瑾一起去線上的商店，所以早就忘記有這個規定。

「抱歉，我踰越了，讓你不舒服我很抱歉。我沒有想要打探你的個人隱私……」

「不是啦，不是那個原因。我很樂意跟妳分享那家店，但我在思考要怎麼說，才不會被系統吃掉。」

「吃掉？」

「妳不知道嗎？只要系統偵測到似乎有洩漏現實身分的資訊，像是個人帳號或住址等，它就會自動消音，將人強制登出，並且會禁言三天喔。若是再犯，就會限制登入一個禮拜，犯了第三次就會鎖定帳號，要親自去自宇宙公司申請解鎖，程序很麻煩的。」

「眞的假的！」我大驚，「不過你也太清楚自宇宙的條款了吧，你是那種會將系統的使用規範看完，才會打勾同意使用的類型囉？」

「看來妳是直接下滑到底，然後按我同意的類型囉？」賀天尹學我說話。

「大多數人都是那樣的吧！使用規範都寫得太冗長了，應該要有精簡版的才對。」

「就算有精簡版，人類一定也不會認眞看的啦！」

「人類，哈哈，說的也是。」我大笑起來。

賀天尹點點頭，「所以我才在想，要怎麼說才不會被強制登出。」

「系統顯示我們的本名，而本名被其他人知道沒關係，但一家商店的位置卻不能說出來，這也太奇怪了。」

「因爲名字容易撞名，所以被知道也沒關係，但若是搭配上地理位置或者知名地標、商店等等，就有可能被有心人士查出其他資料。」

「有這麼誇張嗎？」

「有時候光憑一張照片，都可以找出是住在哪棟大樓了，妳覺得呢？」賀天尹吃完最後一口甜甜圈。「況且我剛才又先說了，『我家附近的甜甜圈』這句話。」

「聽你這麼說也是，好吧，甜甜圈與我無緣了。」

賀天尹笑了笑，「反正現實世界吃甜甜圈會胖，在自宇宙吃一吃就好啦。」

「也只能這麼說服自己了。對了，你有去過天使的實體店嗎？」

「沒有。」

「那你那天怎麼會去天使呢？」

「因爲他們在做開幕活動，我剛好看到活動訊息就過去了。妳去過天使的實體店？」

「對，我和朋友偶而會去，聽到天使在自宇宙開店，就想說也來看看。」

「喔，那附近的大學是S大，妳是念那間學校沒錯吧？」

我才要開口回他說「對啊」的時候，他整個人突然開始變淡，接著我的視窗跳出「您的好友賀天尹已違反自宇宙規範第三條第五項，故強制登出並禁言三天」。

天啊！他那句話是被系統認定成在打探我的位置嗎？

我立刻傳了訊息給他，問他還好嗎？

但是馬上發現自己這麼做沒有意義，他不只被強制登出，還禁言啊！

話說回來，禁言是怎樣？他可以再次登入，可是不能說話嗎？

我趕緊從個人設定裡找出使用規範，並用關鍵字搜尋，果然找到了探究他人隱私強制登出的懲罰。

看起來因爲這個原因被強制登出後是可以馬上登入的，所以我決定在原地等待，看看賀天尹會不會回來。

果然沒多久，就看見賀天尹小跑了過來。

「你剛才被強制登出了嗎？」我看他急急忙忙的樣子，忍不住笑了起來。

賀天尹用力點頭，還雙手合十對我鞠躬道歉，然後又聳肩翻了白眼，這一連串的肢體動作讓我笑得更大聲。

「你被禁言了？禁言眞的就是禁止說話？」

他無奈地點頭，還張開嘴巴試圖說話，但一點聲音也沒有。

「我不會讀唇語哈哈哈，這感覺眞奇怪呢。」

他拿出紙跟筆，然後在上面寫上七十二的數字，接著又搖頭。

「哈哈哈，是代表七十二小時，還有三天的意思嗎？」

他點點頭，又寫上：「不能說話感覺好奇怪。」

我有點驚訝，「賀天尹，你的字很漂亮耶。」

他有些疑惑，看了他自己寫的字，然後又看了看我，以嘴型無聲地說：「漂亮？」

「對，別說男生了，就算跟女生比起來，你的字也好好看，簡直就像是電腦字體，工整又標準。」

被我這樣一說，他似乎感到很驚訝，然後便把紙筆收起來。

「你小時候有被要求練習寫字嗎？還是你學過書法？」

他搖頭，然後嘴巴開開合合地又說了幾句話。

「我看不懂啦，你用寫的。」

他猶豫一下，接著才寫上：「很晚了，要不要休息了呢？」

「你連逗號和問號都好工整，簡直像電腦列印的字！」我再次稱讚，現在字寫得漂亮的人不多了。

他微笑，又比了一下方才寫下的字，我才點點頭。

「嗯嗯，差不多了，明天還要上課呢。」

他舉手跟我道再見，我也對他揮手。

「下次見。」

然後我登出的瞬間，瞥見他輕輕嘆了一口氣。

「唉。」

嗯？禁言的話，嘆氣也會有聲音嗎？嘆氣算是言語的一種嗎？

不過我還來不及細想，就已經登出了自宇宙。

當我張開眼睛時，人還坐在電腦桌前，而且因爲姿勢不正確，有點脖子痠痛。

原本只是想進去一下，沒想到待了這麼久。

不過，如果光是問大學的名字就會被禁言的話，那我們想要成爲現實中的朋友，還能有什麼辦法呢？

我眞好奇賀天尹本尊過著什怎麼樣的生活。

第三章

原本以為謝如瑾和蕭睿裴的餐點之約，只有每星期一次的通識課，後來卻幾乎每天中午都會一起吃飯。

我看著蕭睿裴自然地跟我們坐在一起吃午餐，忍不住皺眉，「如瑾啊，我們是不是很久沒有兩個人單獨吃飯了？」

「太過分囉，我人還在這裡，我聽得到喔。」蕭睿裴一邊滑手機一邊攪拌著他的炸醬麵。

「不是，你為什麼每天黏著我們啊？」

「這可不是我開口的喔，是如瑾要求的。」沒想到蕭睿裴公然說謊。

「怎麼可能……」

我站起來手指著他準備破口大罵，謝如瑾卻拉住我的手腕，然後尷尬地笑說：「眞的是我約他一起吃午餐的啦。」

「啊？為什麼！」

「因為我不是還欠他那頓豪華大餐的錢嗎？我仔細算了算，如果一個禮拜只幫他買一次早餐，我不知道要花多久時間才能還完。所以我就想說，不如就每天一起吃飯吧，這樣即便是小額還款，也能還得比較快。」謝如瑾邊說邊數著手指頭，「然後蕭睿裴就答應了……」

「最好是啦！那頓豪華大餐頂多一千，是能還多久！妳明明就是想要跟蕭睿裴多相處吧！說謊眞是不打草稿呢！」

「唉唷，說什麼多相處，這樣我會被誤會的啦！」謝如瑾立刻搖頭，然後看著蕭睿裴說：「我只是覺得你很帥，除此之外可沒有愛慕的意思喔！」

「謝謝妳如此清楚明瞭地告訴我，這樣我就不會誤會了。」蕭睿裴也跟著在那邊假正經地回應。

「經過之前那個康雅婷在餐廳找妳麻煩的事情後，誰也料不準她之後會不會忽然哪根筋不對又跑來找碴，我覺得還是跟蕭睿裴一起吃午餐比較安心。」

「是啊是啊。」蕭睿裴也跟著點頭同意。

「這樣要是被傳出奇怪的流言……」我皺眉。

「流言？跟我有流言不好嗎？」蕭睿裴大驚小怪的模樣。

「你哪來的自信跟你傳緋聞會很好？」我問。

「嗯，全校女生給我的自信吧。」蕭睿裴嘿嘿笑著，咬了一口他便當裡的排骨後，笑說：「我說句不中聽的啊，妳還怕什麼流言呢？」

我瞪了他一眼，但蕭睿裴似乎無所謂。

「唉唷，和氣為貴啦！」謝如瑾趕緊打圓場，「康雅婷那個賤女人就算自己有錯在先，現在不是也毫不在乎嗎？她欺人太甚了，誰知道她會不會哪天又動手，所以有個男生陪著我們也好。」

我理解謝如瑾說的，畢竟之前發生衝突時，謝如瑾也被攻擊了。如果蕭睿裴在的話，或多或少康雅婷那群女生也會有所忌憚。

「但是，在此之前我們跟你幾乎不認識，你沒必要幫我們，要是害你受傷或是傳出難聽的評論，我也會不好意思。」這是我的眞心話，這本來就是我自己感情上的爛事，沒道理要別人幫我，更何況是不熟悉的人。

「喔，謝謝妳關心我啊，黎映，妳是正義感很強的人嗎？否則不會制止我占位子，也不會擔心我受傷吧？」

「這……一般人都會這麼做的吧？」

「不，一般人或許會這麼想，但不會眞的這麼做。」蕭睿裴扭開飲料瓶蓋，「總之，我們現在已經是朋友了，而且我想幫妳，就只是這樣。」

「眞是太感謝你……」謝如瑾的感謝還沒說完，我便打斷了她的話。

「爲什麼？即便是我，也不會這麼熱心幫助一個不算熟悉的人，爲什麼你要這麼做？難道也是因爲正義感？」

「黎映，妳幹麼這樣說話啦。」謝如瑾拍了我一下。

「因爲很像看到以前的我。」蕭睿裴聳肩，「我們都曾經是校園八卦流傳的對象，所以侃侃而談這些過往應該也不算什麼。我想妳們都知道我前女友在自宇宙和前男友見面的事吧？」

我和謝如瑾對看一眼，然後點點頭。

「我其實想做的事情很多，我也想大叫，也想把事情鬧大，但我是男生，不能那麼沒風度是吧？我也不能喝酒買醉，也不能傷心落淚，因爲我是男生，所以要表現得瀟灑一點，這樣才有風度，才更好是吧？」

他說得雲淡輕風，像是玩笑話又像是自嘲，我卻能感受到他話語間的悲傷。

是啊，大家都說要兩性平等，說大家都有宣洩情感的權利，但是當我大叫時被當做瘋子，當男人落淚時被說沒用，無論如何，我們還是會被外人的評價給影響。

「所以說，某個層面，我很羨慕妳。」蕭睿裴盯著我，「妳沒有錯，所以我想幫助妳，也算是幫助以前那個沒辦法大叫哭泣的自己。」

「我知道了。」我將桌面上自己買的餅乾推到他面前，「謝謝你。」

「這是友好的意思嗎？」他一笑。

「就當做是吧。」

「耶！太好了！」謝如瑾開心地雙手高舉，「是啊，你眞的幫了黎映大忙呢。」

她後面這句話別有用心，甚至看著我偷笑，可是我刻意忽略。

我並沒有因爲涂之渙的事情就放棄了愛情，但是暫時，我對於戀愛這件事情不保有期待。

★

我們和蕭睿裴每天中午一起吃飯這件事情，很快就傳遍全校，走在路上都會有人對我指指點點，因爲傳言說我與蕭睿裴時常單獨在餐廳用餐，蕭睿裴甚至還親口證實我們之間關係曖昧，我想這些傳言應該是康雅婷的傑作。

畢竟，身爲涂之渙的現任女友，康雅婷可不想前女友過得太好，甚至是和校園風雲人物蕭睿裴畫上等號。

「我傻眼，眞的是傻眼。」謝如瑾今天塗了鮮豔的紅唇，頭髮還特意綁了馬尾，並且一身亮色系打扮。「我每天中午也都跟你們一起吃飯，明明坐在同一桌，爲什麼流言裡面只有妳和蕭睿裴，沒有我？我是隱形了嗎？」

我忍不住笑了起來，「這樣不是比較好嗎？代表妳不受注目啊。」

「好好說話啊，黎映！什麼叫做我不受注目，妳的意思是說，我很邊緣囉？」

「我這是羨慕與稱讚的意思。」

「還眞是聽不出來，哼！」

「我是說眞的。」我抓住謝如瑾的手，「那表示，妳沒有任何不好的傳言，所以不會被人注意。我是瘋女人，所以當我和蕭睿裴那樣的帥哥待在一起時，大家自然會談論我，說我又纏上了他，我甚至看到蕭睿裴的社群平台有人留言要他小心瘋女人。」

「啊……」謝如瑾抱歉似地垂下眼睛，然後回握我的手，「拜託，妳根本不是瘋女人，妳拿刀了嗎？咦？好像有，但只是美工刀不是嗎？哎呀，不管啦，我的意思是，妳不是瘋女人，絕對不是，涂之渙才是王八蛋。」

「呵呵，謝謝妳，不過被妳這樣一說，我聽起來眞的有點瘋。」我大笑起來。

「哎呀，黎映，我不是那個意思。」

「我知道。」這一次我抱住了她，「因爲自始至終，妳都陪在我身邊。」

「嗯，妳知道就好。」她有些害羞地笑了笑，「不過妳看我今天打扮成這樣，總不會又被忽略了吧？」

「乾脆今天你們兩個坐近一點，我坐遠一點，妳覺得這樣好不好？」

「也可以。」謝如瑾笑著，我則翻了白眼，「對了，我那天進去自宇宙，發現妳換衣服了耶。不是說在自宇宙儲値很白痴嗎？結果妳買的那個禮包也不便宜啊。」

「啊，我都忘記跟妳說，那些東西是賀天尹送的。」我把事情的經過告訴她，謝如瑾聽完驚訝地張大眼睛。

「所以他有要妳當他網婆嗎？」

「神經病喔！沒有啦！」

「那他爲什麼送妳那麼貴的禮包？」

「我不是說了嗎？」

「就是他有錢無處花不是嗎？這種開場不就是我要包養妳的意思嗎？」

「謝如瑾，妳腦袋在想些什麼啊！」我捏了她的臉頰一下。

「好啦，開玩笑歸開玩笑，但送大禮卻無所圖很奇怪啊。」她用力搖頭甩開我的手，「他長得帥嗎？讓我看看妳的紀錄。」

我點開手機裡自宇宙的**APP**，這裡可以顯示自宇宙好友的大頭貼以及傳送的文字訊息，僅此而已，看不到自宇宙其他的畫面，畢竟手機和自宇宙所使用的軟硬體是完全不同的，而且自宇宙也沒打算放寬權限，這方面自宇宙規定得很嚴格。

「唉喔，這個賀天尹挺帥的耶，跟蕭睿裴是不同類型的帥，一個是狗，一個是狼。」

「妳在講什麼東西。」

「但至少都還是犬屬性的，嗯嗯。」

「妳到底在自顧自的同意什麼啊？」

「不過這個齁，雖然在自宇宙的外型跟現實世界一樣，但因爲是在虛擬世界中，所以還是小心一點，我們根本不知道他現實中是怎樣的人。」

「這句話是曾經要我放鬆心情好好交朋友的謝如瑾說的嗎？我聽錯了嗎？」

「唉唷，交朋友歸交朋友啊，但是如果要更進一步的話，我當然還是投現實世界的蕭睿裴一票。」

「投什麼票？他們兩個都是我的朋友。」

「我知道，我只是說，如果要選擇妳戀愛的對象，我會選蕭睿裴，他比較適合妳。」

「爲什麼妳會投蕭睿裴？我這麼問不表示我喜歡賀天尹，但就是想知道爲什麼？只是因爲蕭睿裴是現實世界的人嗎？」

「除了蕭睿裴是現實世界的人之外，我們還可以就近觀察他的爲人，而且他三觀正常，體貼健談，甚至還幫過妳好幾次忙，再來就是，很帥！」

「重點好像是最後那句？」

「帥就是重點之一。但妳會這樣問，是不是眞的對賀天尹有好感？」

「我不說了，沒有的事。」

「我眞的很希望妳可以找到新的對象，我知道不是戀愛了才代表重新開始，但至少戀愛是一個新的開始。」

我明白謝如瑾很想要我快點談戀愛，才會一直亂點鴛鴦譜，所以我也沒制止她，無論如何，她都是爲了我好。

「知道啦，妳不用擔心我，妳自己才該快點戀愛吧。」

「不行，妳沒戀愛前我是不會戀愛的！」然後謝如瑾垮下臉，「況且我也沒有戀愛對象，根本沒人喜歡我啊！妳看，就連神明都不給我籤。」

「好啦，那就是緣分還沒到啊！急什麼。」

「那神明不是跟妳說，幫妳忙的人就是緣分嗎？所以就是蕭睿裴啊。」

「賀天尹也有幫我啊。」我彈了一下她的額頭，「好了，話題就此打住，不然又要陷入循環了。」

「好吧。」她嘟嘴。

我們來到廣場的座位，收到蕭睿裴的訊息通知，說他今天要和同系的朋友吃飯，就不跟我們約了，這讓謝如瑾大失所望，畢竟她今天特別打扮得這麼顯眼。

「那我們乾脆去學生餐廳吧？」我說。

「或是……」

「黎映。」一個聲音倏地出現，讓我反射性地起了雞皮疙瘩。

涂之渙雙手插在口袋，燙卷的頭髮與鳳眼瞇起，他看起來泰然自若，完全沒變，永遠不覺得他背叛了我這件事情是他的錯。

他高抬著下巴，像過往那樣依舊覺得我是百依百順的女友般看著我。

「今天沒跟妳新男友吃飯呀？」他開口，曾經說著甜言蜜語的聲音，如今只剩下刺耳話語。

我沒打算理會他，縱使身體在發抖，牙齒在打顫，但我再也不要在他面前表現得卑屈懦弱。

「我們走。」我立刻拿起包包就要離開。謝如瑾氣得瞪向涂之渙，可是我制止她，我不想再有衝突了，沒有意義的。

這裡好多雙眼睛看著我們，甚至有人拿出手機拍攝，或許他們都在等待下一場好戲，看我會不會又發瘋。

不會了，已經一年了，我不會再那樣做，我已經長大，向前走了。

「黎映，妳沒聽到我說的話嗎？」涂之渙走上前，帶著笑意看我，「怎麼了，今天妳男友不在呀？那個撿我不要用的東西的蕭睿裴。」

我頓了一下，不敢相信自己的耳朵聽到什麼，「你說什麼？」

「我說蕭睿裴。」

「前一句。」

他失笑，「妳明明就有聽到，爲什麼非得要我再說一遍？難道妳以爲再問一遍，我就會說抱歉我剛剛說錯了之類嗎？不，我會再說一遍。」

他彎腰，盯著我的眼睛，一字一句說得清晰，「撿我不要用的東西。」

「你欺人太甚！」謝如瑾沒忍住，衝上去就要推涂之渙，但是她的反應好像在他的預料之內，他輕巧地閃過謝如瑾的手，反而讓她踉蹌地往前踏了幾步。

「哇，謝如瑾，妳還是跟以前一樣衝動呀。」涂之渙大聲說著，圍觀的群眾發出了一點笑聲，「妳們的友情眞是令人動容，還是其實妳們兩個才是一對？不然爲什麼黎映和我交往時總是冷感成那樣？」

這句話令我頓時羞紅了臉，他到底在講什麼？

「你這個……」謝如瑾氣急敗壞又要衝向涂之渙，我趕緊拉住她。

「我們走吧。」

「可是黎映……」

「快走吧！」我喊。

「要走了嗎？改天找蕭睿裴和我與雅婷一起吃飯呀，或許蕭睿裴也很苦惱妳的性冷感該怎麼辦。」他說完後放聲大笑，而我卻舉步艱難，一時半刻做不出任何反應。

等到終於離開了廣場，我才發現自己指尖冰冷，而一直咬著的下唇都流血了。

謝如瑾見到我這模樣，心疼地抱住了我安慰道：「媽的，涂之渙那個人就是故意挑蕭睿裴不在的時候過來放話，有夠孬！」

我當然知道涂之渙是故意的，他不敢正面與蕭睿裴對決，所以只能挑只有我們在的時候。

「不過他會來，表示被蕭睿裴說中了。」我冷笑著，但身體依然在顫抖，「他說只要我和他傳出緋聞，涂之渙一定會來找我。」

「涂之渙就是那種沒用的臭男人，見不得妳過得好。」謝如瑾氣得牙癢癢地說。

「下午我也沒心情上課，我要回家了。」

「那我們一起去哪裡逛逛……啊，不行，我下午那堂課一定要到才行。」

「沒關係，妳去上課吧，被當掉可就不妙了。」

「嗚嗚，我想陪妳走走的。」

「妳已經陪我夠多了。」我拍拍她的頭，然後向她揮手。

謝如瑾只得點點頭，含淚說著：「那還要一起吃午餐嗎？」

我搖頭，「我想快點回去休息了。」

「那妳回去路上小心，我等一下要把剛才的事情告訴蕭睿裴。」

「不要給他添麻煩了。」

「反正我不說，一定也會有別人跟他說的。我剛才還看到有人在錄影片，估計晚一點就會在校版上看見了。」

謝如瑾的話不無道理，正常來講，應該是我這個身處流言中心的人，主動去向蕭睿裴打聲招呼並道歉的，但是我真的沒有力氣。

「那妳幫我跟他說聲抱歉，因爲我的關係，害他也被波及了。我改天再請他喝飲料。」

「嗯，他每天跟我們在一起，一定會變胖的。」謝如瑾笑著對我揮手，然後我便離開了學校。

當我到家的時候，手機又正好傳來通知，我一看，賀天尹又送禮物來了。

「他又送什麼……」我皺眉，自從他被禁言後已經過了三天，這段期間還沒跟他見過面。

我快速吃了泡麵，洗好澡，然後打開電腦並戴上裝置。

不得不說，可以去自宇宙逃避現實世界的一切，有時感覺還挺不錯的。

我躺上床，登入自宇宙。

一張開眼睛，我已身在自宇宙我的小屋裡。看著門口又放著兩個箱子，打開來看竟然是布鞋和包包。

我馬上又敲了賀天尹，他也在線上。

「你爲什麼又送我禮物？」

「因爲我有錢無處花。」他的回應讓我嚇一跳，今天謝如瑾才講過一樣的話。

「錢不是這樣亂花的，不要花在我身上。」

「爲什麼？」

「你在哪裡？我們見個面？」

「好，但妳不要退貨給我喔。」

「不是不能退貨嗎?」

「也是。」

我們約在一個露天高台,從那裡能眺望遠處的海與廣闊的藍天,是個欣賞風景的好地方。

「嗯……換一件衣服好了。」我換上牛仔褲和有著蕾絲花邊的上衣,然後穿上剛才收到的布鞋,背著他送的包包出門。

「我這樣會很像他的換裝娃娃嗎?」我自言自語著。

無論何時進來自宇宙,總有許多人在這裡活動,能應付如此龐大流量的伺服器,一年前曾經當機過一次,當時還在自宇宙裡的人因爲當機的關係,被強行登出,還引發了一段時間的頭暈副作用,導致經營自宇宙的公司付出不少賠償金。

但短短半年,自宇宙又重新賺了回來,畢竟背後的靠山是政府,之前的賠償金不過是小錢。

「嗨。」穿著黃色與咖啡色拼接的襯衫外套,賀天尹站在欄杆邊對我揮手。

「你來得好快。」

「因爲我剛好在附近。」他看了我的穿著,「我就知道妳穿起來會很好看。」

「不要再這樣送我東西了,我不喜歡。」

「就讓我送吧。」賀天尹帶著微笑,「我說了,錢對我來說不是問題。」

「但是我不喜歡，這樣我很像被你……」

包養。

謝如瑾那誇張的用詞瞬間出現在我的腦海中，我立刻用力搖頭想把它甩掉。

「反正我不喜歡你無緣無故地送我東西，我不想占你便宜。」我說。

「嗯嗯，我明白妳的意思，但是我送妳，妳也不能拒絕不是嗎？」

是啊，這就是自宇宙的系統規定，除非將對方黑名單，否則朋友之間可以互送禮物，而且受贈者不能將禮物退還或轉賣。如果不想接受禮物，只能選擇丟棄，想想實在太浪費了。

「我可以刪除我們的好友關係。」

「只因為我送妳禮物，就要刪我好友？這實在太說不過去了吧。」賀天尹做出一個誇張的表情，「況且我送的禮物妳應該都很喜歡吧，妳穿起來也很好看啊，現實世界的妳根本沒機會這麼穿不是嗎？」

「是沒錯，但這些都是名牌，太貴重，所以我不能收。如果你眞心當我是朋友，就不要再繼續這樣做了好嗎？」

「我知道了，我只是覺得今天應該送妳禮物。」

「為什麼？」

「我感覺妳心情不好。」

「你怎麼感覺到的？」

「難道不是嗎？」

「是，我今天眞的心情不好，但是你怎麼會知道？」

「因爲今天金牛座的運勢不太好，心情方面是陰天喔。」賀天尹叫出了星座運勢，然後把畫面傳給我看。

「還眞準啊。」我會心一笑。

「所以我就想說，要送給我可愛又特別的金牛座好友禮物，希望她心情可以好一點。」

「謝謝你，這一次就算了，但以後眞的不要再送禮物給我了。」

「我知道。」他笑了笑，轉頭看向前方的風景。「很難想像如此美麗的風景，是自宇宙系統建立出來的，現實中並不存在吧？」

我看著天空中深淺分布的多重色彩，白雲藍天，又帶著橘紅晚霞，甚至更遠方還出現了七彩與銀河。

「就是因爲這麼美，所以現實裡才不存在吧。」

「怎麼說？」

「現實世界才不會有這麼美好的風景。」

「是嗎？」他手撐在欄杆上，閉起眼睛感受著微風，「那現實眞是太可悲了。」

「怎麼會，不完美也是一種美。」我說。

即便我被涂之渙背叛、傷害，但也因爲這樣，才能感受到謝如瑾與我之間的友情是如此可貴。

「妳今天爲什麼心情不好，可以跟我分享嗎？」

「會不會涉及隱私，然後換我被強制登出又禁言？」我可不想經歷那種頭暈的過程，我看過當年那些當機受害者的報導，他們都說那種頭暈是無法想像的難受，就像是停不下來的洗衣機轉輪一樣，讓你隨時都感覺天旋地轉。

「不會啦，我後來研究了一下自宇宙的相關規範，知道上次我的問法問題出在哪。我不能問詳細的學校名稱，但是可以問妳是不是臺北人。」

「這還眞麻煩，好像限制言論自由一樣。」

「爲了保護個人的隱私，這些規範還是必要的。」賀天尹轉轉眼珠子，「所以妳是臺北人嗎？」

「哈哈哈，我是啊，土生土長。你呢？」

「我喔，屏東。」

「哇，我們一南一北離得很遠呢。」

「是呀，所以那間甜甜圈名店，我想妳是吃不到囉。」

「怎麼會，就算離得遠，但現在有高鐵，往來臺北和屏東還是很快的。」

「不對，妳應該說，有了自宇宙後，根本沒有距離這回事了。」賀天尹糾正我，我想了想也點頭同意。

「是啊！」我看著前方的風景，雖然美得很不眞實，但也讓我心情好了不少，「你交過女朋友嗎？」

「當然。」他歪頭看我，「妳是和男朋友吵架嗎？」

「不是，我現在沒有男朋友，只是今天我的前男友出現，對我講了難聽的話。我和他的分手過程很不愉快，還因此被傳了很多謠言。」

其實，也不是多特別的事情。

大一入學時，因爲學校舉辦的晚會，讓我和不同系所的涂之渙相識，否則我們兩個的系所大樓天差地遠，照理說是很難遇見，也不會認識的。

當時涂之渙展開猛烈的攻勢追求我，我們一起出去約會了幾次，他幽默風趣，而且十分貼心，感覺得出來很懂得怎麼逗女生開心。我喜歡他笑起來時眼睛瞇成一條縫，也喜歡他說笑話時自己總是笑得更開心的樣子。

我覺得他毫無心機又十分眞誠，而且還熱心助人，他會主動讓座、幫忙路人提重物，或是扶老太太過馬路，這些八股的良善，我在他身上都看見了。

所以我答應和他交往，而他也說會好好珍惜我。

我們確實度過了一段還算開心的時光，但是隨著交往時間拉長，就越能發現我們之間的差異性，可是這些對我來說都不打緊，本來人就不可能完全契合。

後來，他要求更進一步的關係，我也沒有拒絕，於是他成爲了我的第一次。但也發現原來他並不是第一次，但這並沒關係，而且或許是我太緊張了，我完全沒辦法放鬆，覺得很痛又很不舒服，涂之渙的每個觸摸都讓我覺得很粗魯。

我跟他喊痛，希望他溫柔點，輕一點，但是他好急躁，他搓揉我的身體好用力，他舔舐我的身體也讓我不舒服。

我說了好幾次，希望他可以多親吻我一點，多安撫我的情緒，但涂之渙聽不進去，他強行地進入我，像是在發洩性慾。

我以爲第一次會跟以前看過的漫畫一樣，因爲與喜歡的人結合而滿溢著幸福感，結束後還會兩人相擁，分享甜蜜的話語。

但是我只記得好痛，整個過程我幾乎是閉眼咬牙，只有痛，沒有任何好的感覺。最後我甚至哭了出來，覺得好委屈。我明明是自願的，明明與他結合我也是開心的，但我就是哭了。

「嘖！」我記得這是涂之渙結束後說的第一句話，「處女就是麻煩，搞得好像我強迫妳一樣。」

從此這件事情變成我心中的結，可是我告訴自己，或許是因爲第一次所以才會這麼不舒服，之後就會變好了。

可是沒有，之後的每一次都一樣痛，而且最後都是在涂之渙的不悅，以及我的眼淚中結束。

就這樣，我開始逃避與他的親密接觸。明明平常我們相處得還算不錯，可是當床事不和後，好像一切都變得不和了，他對我失去耐心與包容，每次約會都在滑手機，不太搭理我。

有一次我受不了他的冷淡態度，開口問他我做錯了什麼，他居然說：「誰叫妳不給我上。」

性愛是不是男女朋友間的義務？

如果我不接受，是不是不配當女友？

我是第一次談戀愛，或許還不夠成熟，也可能是我當時太想被涂之渙肯定，總之，我當晚又和他嘗試了一次，最後還是在痛苦中結束。

「嘖，妳他媽是性冷感吧？」結果得到他如此的評價。

後來我們鮮少見面，但我們並沒有分手，我認爲我們彼此都需要冷靜一段時間。我知道涂之渙是善良的人，只要我們稍微冷靜一下，一定可以找到一起克服的方法。

「黎映，我剛剛在夜市看見涂之渙和別的女生手牽手。」

某日接到謝如瑾的電話，她的聲音帶著顫抖，「我猶豫很久要不要跟妳講，因爲妳說你們在冷靜期，但冷靜期不等於分手對吧？我不希望在妳獨自煩惱，獨自想著該如何讓你們之間的關係變好的時候，他卻已經在找下一個……」

於是我傳了訊息給涂之渙，問他在做什麼，我去找他好嗎？

他說他要睡了，他很累。

「沒有，他帶那個女生回家了，我一路跟著他們，都看到了。」謝如瑾說。

我全身顫抖，腦袋像是被抽離了一樣，沒想到這種事情會發生在我身上。

我心想，涂之渙，我們現在的關係不太好，但你不能這樣對我。

所以我和謝如瑾搭計程車來到涂之渙的租屋處樓下，一路上我都告訴自己這不是眞的，一定是謝如瑾看錯了，涂之渙眞的在家睡覺。當我們抵達時，謝如瑾的臉色也跟我一樣慘白。

她問我眞的要上去嗎？

我說是的，我要上去。

然後，我們光是站在房門外，就能聽見女生的嬌喘聲，還有床板晃動的聲響。

我說，或許是在看A片吧，但是我已淚流滿面。

謝如瑾握住我的手，也是泫然欲泣。

我拿出涂之渙給的備用鑰匙打開門，一踏進去，就聽見慌忙的聲響還有女人的尖叫，他們來不及穿衣服只能趕緊用床單遮住身體。

看見這一幕的瞬間，我的世界彷彿崩裂了。

我瘋狂地大吼大叫，咆哮謾罵，把周圍的住戶都引出來了，大家都在看，甚至拿出手機錄影，而涂之渙把我們推出房門，他和康雅婷則躲在裡面。

我用力拍打著房門尖叫，拿起門外的東西一陣亂丟，謝如瑾見狀趕緊出手要制止我，因為入鏡的只有我，我那瘋狂的模樣會被人永遠記住。

這時康雅婷穿好衣服後打開門，劈頭就給我一巴掌。

「都已經分手了為什麼還來糾纏？」她大吼著，瞬間把所有的錯都推到我身上。

我看見涂之渙站在她身後不發一語，他知道、她也知道，我們並沒有分手。

可是他們卻把一切形塑成我們已經分手了，把我變成了糾纏不休的前女友。

「你為什麼這樣對我？」我朝涂之渙大喊。

「誰叫妳性冷感。」他的聲音很輕，輕得只有我們聽得見，卻像利刃劃過我的心。

「你們這對狗男女！」謝如瑾氣瘋了，朝康雅婷奔去，康雅婷卻用力推開她，甚至也打了她。

「快點滾！不要再來打擾我們，不然我就報警了！」

結果，做壞事的人講話大聲，就好像才是正義的一方。

「太誇張了。」賀天尹聽我說完這段經歷之後，不敢置信地瞪大眼睛。

「我後來還拿了美工刀喔，他們把我推出房門時，剛好在地上看見一把美工刀，我想也不想拿起美工刀就對著他們的房門開始瘋狂亂劃，還一邊大叫大哭，最後連美工刀片都斷掉了，聽起來很像瘋子的行徑吧？」

「怎麼會是瘋子，不要這樣說妳自己。」賀天尹疼惜地說，「他們都沒有受到應有的懲罰嗎？」

「沒有，所有人都覺得我是糾纏不休的前女友，覺得是我在找麻煩，錄影的畫面也全都是我發瘋的模樣。況且在冷靜期那段時間，我們的確沒有往來，而且協議好的冷靜期只有我們兩個自己知道，其他不知道的人可能都覺得我們早就分手了。」

「然後他們現在還在交往？」

「對，他們甚至還創立了情侶頻道，流量還不錯。」我冷笑。不可否認，涂之渙幽默風趣，康雅婷美豔大方，他們兩個一起拍攝的畫面很好看，影片內容也很有趣。

但我每次看到他們就反胃，看到他們就害怕，因爲我總是會想到那天他們冷漠的模樣，還有我恐怖的經歷，以及外人難聽的謾罵。

「那段時間，網路上對我的攻擊多到我無法負荷，讓我眞的相信網路上的文字可以殺死一個人。」所以我每天用酒精麻醉自己，喝醉了、吐了，就倒在床上昏睡過去結束一天。這樣過了一段萎靡不振的日子，直到有次吐出了血絲，最後是一直守著我、不放棄我的謝如瑾帶我走出低潮。我眞不知道上輩子燒了什麼好香，這輩子才會有她當我的好朋友。

「那他們現在爲什麼還來找妳麻煩？」

「因爲他們不能接受我過得好吧，他們希望看見我過得慘兮兮的模樣。」

「爲什麼？你們都已經沒有關係了啊。」

「誰知道呢？或許這就是人性吧。」因爲站在我身邊的人是蕭睿裴，那個帥氣又無所畏懼的風雲人物。

「妳說那些影片都在網路上？」

我虛弱一笑，這個時代，只要影片被上傳到網路上後，就會永遠留下痕跡。

「如果你有機會看到那些影片，記得幫我檢舉下架。」

「我不能問妳他們的名字，因爲那是隱私。」賀天尹忽然這麼說。

「沒關係，反正他們的名字也不重要。」

我眞的把所有的事情都告訴賀天尹了，或許眞的是因爲他是「網友」的關係，所以我更能把一切都說出口。

然而賀天尹看著我，疼惜地一笑，「我不太會安慰人。」

「不用安慰我啦，那都是過去的事情了。」

「我只會送東西。」他才剛說完，我馬上又收到系統通知，他居然送我一台電視。

「賀天尹，你才答應我不會亂送東西的。」

「抱歉，我只會用這種方式安慰人。」

「你是什麼總裁嗎？送禮物安慰人！」我眞的是大傻眼，「況且我眞的不懂，在自宇宙到底為什麼要有床和電視，要睡覺或看電視可以回現實世界啊。」

「咦，在自宇宙裡時間過得比現實來得快，這件事情妳知道吧？」

「我知道啊。」這有點像是夢境的原理，我們覺得夢很長，但其實對現實來說只有一秒。

「所以說，如果在自宇宙裡追劇，妳看完五集可能現實世界都還沒過半小時，這才是有效的利用時間啊。」

「這麼說來，好像也有人會在自宇宙裡念書。」

「是啊，不過這當然也是有副作用的，因為對大腦來說，妳可是醒著在活動啊，所以即便在自宇宙過五小時只是現實的一小時，但是對大腦來說，是活動了五小時。」

「聽你這麼說我才想起來，之前才有人從自宇宙登出後馬上昏倒的新聞。」

「是呀，所以自宇宙裡才需要床。」賀天尹舉一反三，「多少休息一下，這樣子才能在自宇宙待得更久呀。」

「你是不是已經黏在自宇宙裡了啊？」

「為什麼這麼問？」

「因為感覺你好像隨時都在線上。」

「我還是有好好上課喔！」

「你確定？怎麼感覺我在上課的時候也會收到你送禮物的通知啊？送禮物可是要進

自宇宙才有辦法送的喔！」

「我很會利用時間。」賀天尹笑著，「妳這是在打探我的私生活嗎？」

「我只是關心。」我一笑，覺得心情好多了。「謝謝你今天陪我聊天。」

「我才要謝謝妳願意告訴我這些事，應該很難啓齒吧。」

「嗯，但是說出來以後，我的心情好多了。」我嘆氣，「我只怕那些影片有一天會被我爸媽看見，要是他們看見自己的女兒哭成那樣，一定很心痛……」

「他們不會看見的。」

「我也希望。」我叫出視窗，確認現在現實世界的時間，「我差不多該回去好好睡一覺了。」

「嗯，下次見。」

聽見他這麼說，莫名的心情愉悅。「好。但是你眞的不要再送我禮物了。」

「如果妳一直保持心情愉快的話，我就不再送妳東西。」

「什麼意思？」

「只要妳不高興或是難過的時候，我就會送妳東西。」賀天尹一笑，「所以如果妳不想收到我的禮物，那就讓自己過得好一點。」

「還有這樣的喔。」我瞪了他一眼，然後又笑開了懷。

跟他揮手道別後，我回到小屋，閉上眼。

再次張開眼睛，我已經在現實中的房間裡。

我閉起眼睛，想要好好休息一下，希望別再有任何事端發生了。

只是，第二天當我醒來的時候，當初那些哭喊尖叫的影片又被人貼了上來，連帶中午和涂之渙在廣場碰面的影片也是，留言區依舊對我滿滿的不友善。

即便有人看到我的痛苦，但為我說話的聲音也被譏笑的洪流給沖走。

第四章

我以爲經歷過一次後，現在的我會比較堅強，不那麼害怕別人的眼光。

但是我錯了，就如同明明涂之渙和康雅婷才是做錯事的那一方，但我在他們面前依舊像是做錯事情的人一般。

「怎麼回事，我昨天不過就是和朋友去吃個飯，結果就鬧出這齣？」蕭睿裴挑眉，把廣場的那支影片給我們看。

「他就是故意挑你不在的時候才來，他很俗仔好嗎？」謝如瑾今天沒有誇張的打扮，但是氣得臉都變形了。

我面無表情地看著影片，還有下方嘲笑的留言。

「人都沒有同理心呢……」我喃喃著。

「上傳影片的帳號是假的，昨天才創的，但我們想也知道是誰。」謝如瑾用力捶了桌子一下，「我超想去打她的，那個康雅婷爲什麼要對妳趕盡殺絕？妳和涂之渙已經分手這麼久了，又沒有礙到他們！」

「大概是因爲黎映長得很可愛的關係吧。」蕭睿裴的話讓我們兩個瞬間一楞。

「啊？」

「什麼？黎映，妳不知道自己很可愛？」蕭睿裴用一種誇張的語調說。

「不是。」我被蕭睿裴直球般的稱讚給嚇到，頓時不知道該怎麼反應，「我沒想到你會這樣說，況且康雅婷更漂亮吧，她的身材和臉蛋都……」

「啊？妳們不知道嗎？黎映，妳大一時在男生圈中很有名耶，大家都說日文系的黎映像是某個國家的公主一樣，可愛到不行，漂亮得不像眞人。涂之渙一定也是因爲這樣才去跟妳搭訕的，那時候很多人都想趁機認識妳，可是被涂之渙搶先一步。」蕭睿裴手撐著下巴，「後來妳和涂之渙在一起，大家都說是鮮花插在牛糞上，哈哈哈。」

謝如瑾驚奇地看著我，又看向蕭睿裴，「所以你也覺得黎映很可愛嗎？」

蕭睿裴瞥了我一眼，「可愛呀，我稱讚人可不會扭捏。要我說，涂之渙就是高攀了，他能和黎映交往，是他運氣好。」

我沒想到會聽到這樣的話，要說沒有虛榮心是假的，可是很快的，一種可悲的心情掩蓋了方才的喜悅，「但是大家現在只知道瘋子黎映吧。」

「哈哈，這倒是。」蕭睿裴笑了兩聲，然後站了起來，「好了，我找些人去找涂之渙吧。」

「啊？你要幹麼？」我趕緊抓住蕭睿裴的手腕。

「去找他聊一下啊。」

「聊什麼？」謝如瑾興奮無比。

「請他管好自己的女友，不要再來找別人的女友，這樣如何？」

「什麼女友？誰的女友？」我皺緊眉頭，聽得糊塗。

「我的女友，黎映。」蕭睿裴比了比自己，而我和謝如瑾同時大叫。

「你發瘋啦！誰是你女友？」

「哇哇哇，好好好，就這麼講。」

我和謝如瑾說出來的話完全不同，周遭的人也朝我們這裡看過來，很好奇我們在聊些什麼。

「我覺得這樣是最簡單的方法，我會找幾個比較壯的朋友一起去找涂之渙聊聊，請他以後別再騷擾妳。」他說得輕鬆淡定，但是那眼神與模樣完全是認眞的。「黎映，像涂之渙那種男人很明顯就是欺負女人，所以對付他，一定要另一個男人才行。」

「不要！你不知道他會做出什麼事情！」我制止他。

「妳覺得我會打不過他嗎？」蕭睿裴還特意撩起衣袖，露出手臂上的肌肉，但是我立刻搖頭。

「不是打架的問題，要是你們被拍成影片，然後在網路一輩子流傳呢？被你的父母看到呢？誰知道那些人會把你講成怎麼樣？他們都能把黑的說成白的了！」我緊張地說，更用力抓住他的手腕，我不希望他去蹚這個渾水。

「黎映……」謝如瑾也皺了眉頭，覺得剛才自己興奮地起哄很不對。

蕭睿裴看著我的臉，「那我問妳，妳覺得該怎麼做比較好？」

「就是、就是冷處理，不要理會，他們自然就會自討沒趣慢慢淡掉。」

「妳一年前就是這麼做的，但他們放過妳了嗎？」

「……」

他扯了嘴角一笑，「事情沒有解決不是嗎？」

「……」

然後蕭睿裴用另一隻手抓住我的手腕，輕輕地讓我放開他，「所以，照我的方法試一次吧。」

「不要打架……」

「我不會主動攻擊，但若是他先動手，我也會反擊。」蕭睿裴挑起一邊眉毛，「況且，我會請人幫我從頭到尾錄影，以防被斷章取義。」

「聰明耶。」謝如瑾讚歎。

「好了，我去去就回。要是康雅婷來找妳們，直接開手機錄影自保。他們現在是小網紅，看到鏡頭多少會注意一下形象。」蕭睿裴提醒，我們點點頭。

「好啦，那中午再一起吃飯吧。」他伸手揉了一下我的頭，然後才揮手離開。

「蕭睿裴真不愧是風雲人物，聽說他是以榜首的成績考進我們學校的。」謝如瑾又說起這種冷門八卦。

「他爲什麼要做到這種程度？」

「他剛剛稱讚妳可愛，還揉妳的頭頂呢。」謝如瑾小心翼翼地提醒。

「妳又想暗示什麼？」

「我只是想說，蕭睿裴人眞的很好。」

「……」我無法反駁，因爲這是眞的。

然後因爲我們剛才的對話一整段都太過驚人，所以我忽略掉一個很重要的地方，就連謝如瑾也被興奮的心情淹沒，以至於沒注意剛才蕭睿裴的那句話。

一直到蕭睿裴眞的帶了一些人到涂之渙的教室，在有人直播的情況下，我和謝如瑾看直播聽到蕭睿裴說出那句話時倒抽一口氣。

「可以不要再找我女朋友的麻煩嗎？」蕭睿裴微笑著，客客氣氣地說，但是那個笑容和眼神，帶著十足的霸氣與魄力。

「你女朋友？」涂之渙的表情僵住，但還是努力控制著聲音，「你是說誰啊？」

「你明知故問嗎？」蕭睿裴哼笑了聲，回頭看了一下他的朋友，也就是鏡頭位置，「有在錄吧？」

「有，直播中。」

原來直播是他們自己放出來的？

「那就好。」蕭睿裴又看向涂之渙，「我女朋友是黎映啊。」

「……你們眞的在交往？」

「你爲什麼一臉不敢相信的模樣？你自己不是也說我是她男朋友嗎？」蕭睿裴雙手插在口袋，周遭同學們竊竊私語，還刻意讓出教室中間的位置讓他們兩個人對話。

涂之渙注意到這個狀況，也明白很多人在錄影，他可不能漏氣，「哼！恭喜你們啊。」然後表情瞬間又變成那難看的嘴臉，「所以說，黎映是不是很無趣？」

「無趣？」蕭睿裴故意露出不解的模樣。

「性冷感啊！你撿我用過的東西，還沒發現她是個性冷感？」涂之渙大聲地說。

他的這番話，讓有些女同學聽了不禁皺起眉頭。

「首先，黎映不是東西；其次，我和黎映目前是純交往。」蕭睿裴用手按壓了一下肩頭，轉了轉脖子後說：「再來，性冷感大多時候都是歸咎於男生的技術不好。」

四周的同學紛紛竊笑起來，甚至還有人幫蕭睿裴鼓掌。

「我之前就說過，他一直對黎映人身攻擊很糟糕！」

「涂之渙本來就太過分！」

有些不認同涂之渙聲音開始出現，這讓涂之渙的臉色明顯變差。

「我和黎映早就分手了，她卻一直來糾纏我們，還出手打了康雅婷，甚至把自己塑造成受害者，我會這麼做只是要讓她知難而退。」

我看著小小螢幕上，那小小的涂之渙極力爲自己辯解的模樣，讓我忍不住掉下眼淚，我感覺很痛快，但同時也覺得很悲哀。

我愛過那個人，我們也曾如此親密，最後他卻殘忍地傷害了我，他也成了我不願再想起的夢魘。

「不要哭。」謝如瑾輕輕摟住我的肩，相當有男子氣概地讓我靠在她身上，「我懂妳，但不要哭。」

我點點頭，繼續看著這場直播。

「所以？退一百萬步，假設你說的都是眞的，也不該對前任口出惡言，這是身爲一個人基本該做的吧？」蕭睿裴說著。

「喔，你的前任不就在自宇宙裡跟別人搞上了嗎？你還眞的都沒對前任口出惡言啊！這麼有紳士風度的事情我可做不來，畢竟黎映那個女人把我搞得很慘啊。」

涂之渙還不忘踩蕭睿裴的痛點，這讓蕭睿裴的朋友氣不過想要上前理論，但這大概就是涂之渙要的場面，所以蕭睿裴制止了朋友的舉動。

「是啊，我前女友的確劈腿了，但這不是我可以肆無忌憚說她壞話的理由，同時也不是我做得不夠好，就只是我們之間沒有走下去的緣分，那就好聚好散吧。」蕭睿裴說的話讓現場的女生都發出一絲驚呼，這群人已經漸漸認同蕭睿裴。

我一面感謝蕭睿裴，也一面覺得悲哀，群眾如此好操控，看誰的話說得好、說得漂亮，就往哪裡倒去。

他們在意的不是眞相，又或是他們以爲聽見的就是眞相。

可是我曾經撕心裂肺訴說著眞相，卻沒人相信。

我不禁莞爾，或許有時候，光靠自己的力量是沒有用的。

「所以你來找我到底要做什麼？」涂之渙見場面對他不利，想要快點結束話題。

「我要你永遠別再去騷擾黎映，也請你讓康雅婷離她遠一點。」蕭睿裴簡單地說了他的訴求。

「應該叫她不要來騷擾我吧！」

「前幾天的影片很明顯，是你到廣場找黎映的。」

「什麼找她，我只是剛好經過。」

「我和黎映連續好一陣子中午都在那邊用餐，這件事情已經傳遍校園，要是你眞的不想見到黎映，只要避開就好，不是嗎？況且那裡並不是你上課教室會經過的地方，所以你根本是特意過去的。」

「難道我就不能去那邊找朋友嗎？」涂之渙依舊強辭奪理。

「一樣的道理，如果你眞的不想見到她，卻不小心遇到了，你也可以不說話就離開，不是嗎？」蕭睿裴邏輯清晰，一個個反駁了涂之渙的話。

「這……」涂之渙握拳，有些緊張地看了四周。

「我要你永遠別再去騷擾黎映，也叫康雅婷離她遠一點。」蕭睿裴又再次堅定地重複說了一次，他放慢語調，確保一字一句涂之渙都聽得清楚。

涂之渙沒有回應，居然直接轉身就要離開，但蕭睿裴的朋友很快地上前，擋住他的去路。

「回答完再走。」鏡頭也拍到擋住涂之渙去路的男生，就是那個高個子莫丞正。

「可惡……」涂之渙咬牙切齒，「我不會再去找黎映，這樣可以了嗎？」

「還有康雅婷。」

「我也會叫雅婷別去煩她，行了嗎？」

高個子看了一眼蕭睿裴，見他點頭後才挪身，涂之渙像喪家之犬般立刻逃走。

然而在直播鏡頭隨著涂之渙離開教室前門的畫面裡，我在人群中看見站在最後面的康雅婷。

她也在場，卻沒有上前幫助涂之渙。

直播就此結束，而我有預感，涂之渙也不會再來騷擾我了。

但是……

「怎麼了？妳不開心？」聽見我的嘆氣，謝如瑾關心地問。

「不是，我只是想說，事情好像解決了，但網路上的影片還在，這些永遠都不會消失，即便很久以後我釋懷了，但總有一天又會看到這些影片，又會讓我想起自己崩潰的那天。」

爲什麼科技已經進步到可以把人的意識拉到另一個虛擬的宇宙，卻還沒辦法將人身攻擊的惡意影片全面下架，從網路上消失呢？

謝如瑾疼惜地抱著我，「對不起，我幫不上妳的忙，但是我會一直陪在妳身邊。」

是啊，這樣就夠了吧。

我身邊還有朋友幫助我，這樣就已經很幸運了。

「不過，剛才蕭睿裴在直播中發表了驚人言論耶……」謝如瑾開口。

「嗯。」

「而且妳有看到直播的觀看人數嗎？」

「嗯。」

雖然留言區有人問起黎映是誰，但更多人認出涂之渙的臉與康雅婷的名字，誰叫他們是小有人氣的情侶網紅呢。

「所以妳要和蕭睿裴交往嗎？」

「當然不會，他只是當下說說，爲了幫我……」但是爲了幫我而那樣說，還眞是令人頭痛。

謝如瑾抓住我的肩膀，「妳記得我們上次去廟宇抽的籤吧？籤詩說命中註定的對象會幫妳大忙，蕭睿裴這次幫的忙可大了吧！」

「但他不是出於喜歡我才幫我，妳也記得他說過的理由吧。」

「是沒錯，但從他剛剛的表現，我不覺得他對妳沒有任何好感。而且，喜歡這種事情可以慢慢培養呀。」

「好了啦，如瑾，不要再說了。」

「知道了，我見好就收。」謝如瑾對我敬禮。

就這樣，中午的時候蕭睿裴準時出現在廣場，爲了感謝他，今天的午餐由我請客，我買了便利商店昂貴的零食、飲料和微波食品。

同時，周遭也有一大群人注視著我們。

「我想今天一定會受到很多關注，所以爲了不讓大家太不自在，我多帶了一個朋友過來。」蕭睿裴介紹了他旁邊的男生，就是那個高個子。

「妳們好，我叫莫丞正，和蕭睿裴是高中同學，現在也是同系的。」他有雙下垂眼，圓潤的臉蛋看起來人畜無害，但他的身高與身材都不是好惹的。

「你好。」謝如瑾向他揮手，莫丞正則低下頭尷尬地笑了。

「妳們居然這麼破費啊！」蕭睿裴看著桌面上滿滿的食物，眼睛都發亮了。

「這些都是黎映買的喔，爲了感謝你。」謝如瑾補充。

喔？

「我都說了不用客氣。」

「不，眞的很謝謝你。」我把飲料推給他，「但是沒想到你居然眞的那麼說了。」

「說什麼？」

「你這是明知故問？」

「不錯喔，還會用我剛才說過的話回我。」蕭睿裴戳下吸管，「妳說女朋友這件事情嗎？」

我點點頭。

「那是必要的呀，如果我不先說妳是我女朋友，涂之渙一定會說『你有什麼資格幫她說話？』，話題最後又會變成『所以你在追黎映？』，那不如一開始我就直接說妳是我女友，省事！」

蕭睿裴說的完全沒錯。

「所以說，我這麼做是對的吧？」蕭睿裴看著我，我也只能點頭。

「大概吧，但是之後呢？」

「之後？」

「我又不是你眞的女朋友，我們這樣子要什麼時候對外宣布分手？而且分手的話，就讓他們再次有話說了。」

「妳也知道如果分手了會讓他們有話說，那不要分手不就好了嗎？」

「啊？」我驚訝地張大嘴，同時看向一旁的莫丞正和謝如瑾，他們同樣也是一臉不解與驚訝。

「等一下，所以蕭睿裴，你喜歡黎映嗎？」謝如瑾問。

「我覺得可以把這段交往的關係看成一個互利的交易。」蕭睿裴將他的手機螢幕轉給我們看，上頭是與一個女生的聊天訊息，對方說她看了直播，然後問蕭睿裴爲什麼會和黎映在一起，以及還有沒有機會挽回之類的。

「這是你前女友，你們還有聯絡？」莫丞正瞠目結舌。

「看來我前女友和涂之渙是同一種類型，明明自己背叛在先，但只要我們有了其他更好的交往對象，他們就會想要挽回。這不是很可笑嗎？他們原本明明和我們在一起，爲什麼選擇離開後，等我們都有新的對象，他們又想要回頭呢？」

「但即便這樣子，你們用這種理由交往也太……」謝如瑾看著我，似乎在等待我的反應。

我能理解蕭睿裴的做法，說到底，我們是互利的。

「我們不需要眞正的交往，只要對外說交往，維持最低限度的見面，直到哪天彼此有了眞正喜歡的人再分手不就好了？」蕭睿裴說。

「那如果你們一直沒有喜歡上別人呢？就一直交往下去？」莫丞正問。

「再怎麼樣，到大學畢業就可以分手了。」我說，然後看著蕭睿裴，「那就這樣吧。」

蕭睿裴笑了起來，「我就知道妳懂的。不過既然這樣，我們也得約法三章。」

「約法三章？」

「嗯，畢竟我們對外是男女朋友的身分，所以我們就得符合一個有伴侶的人該有的行爲，例如不能和其他異性過於親密，或是遇到必須兩人一起出席的場合，也得全力配合，最好在社群平台也要偶而放一些合照才有說服力。」

「有必要做到這種程度？」我問。

「而且不能跟其他異性往來，那你還說可以喜歡上別人。」謝如瑾也補充。

「我是說不能過於親密，不是不能往來，也就是不能和其他異性肢體接觸，這是很基本的道理，因爲我們兩個應該都無法再承受一次情人的背叛吧。」

「我明白。」不得不說，蕭睿裴就像是另一個我，我完全懂他在意的點。

「你們兩個這樣好嗎？」莫丞正一邊問，一邊吃起桌上的東西。

到底好不好，就交給時間去決定吧。

反正對當下的我們來說，這樣就是最好的。

於是我和蕭睿裴就這樣開始「假」交往了。

但涂之渙和康雅婷也沒那麼容易退縮，畢竟涂之渙在大庭廣眾下當面被洗臉，他的面子掛不住，所以他們便利用自己的頻道來反擊，又編造了另一個新的故事，在故事中，我被塑造成壞人，蕭睿裴也是，但他們當然隱藏了我們的名字，只是提示明顯到大家很快就神出蕭睿裴的帳號。

畢竟蕭睿裴也算是小有名氣，帥氣的外表讓他博得注目，同時也被一些刻薄又不分青紅皀白的網友攻擊，但蕭睿裴並不在意，而我則把個人帳號隱藏起來。

到底他們怎麼樣才會悔改，不，我甚至不需要他們悔改了，只要他們別再來騷擾我就好。

「我會報警喔，明天。」蕭睿裴在電話那頭跟我說。

「要走到報警這一步嗎？」

「我也當面警告過了，但他們還是運用自媒體的力量抹黑我們，就是看準了妳一直忍氣吞聲。」

「……那我們一起去吧。」

「妳這樣做是對的。」

於是我和蕭睿裴約好明天碰面的時間，然後我洗了個澡，決定什麼都不想了，躺到床上放鬆一下。

這時候我收到來自宇宙的通知，會傳訊息給我的也只有賀天尹了，但是我今天眞的好累，不想去看。

又一個新通知傳來，不知道爲什麼，我忽然想起賀天尹曾經說過，想要他不送我禮物，那我就得讓自己心情好。

「哪有可能他會知道我現在心情不好。」我在床上笑著這麼說，但是越想越覺得不對勁。

所以我還是起身，拿起了裝置貼上太陽穴，登入自宇宙。

一進到小屋我並沒有看到任何禮包，這讓我鬆了一口氣。

接著我看了視窗裡賀天尹傳來的兩條訊息。

「在嗎？」

「我要送妳一個禮物。」

咦？送我禮物？但是我沒看到門口有箱子啊。

所以我傳了訊息要給賀天尹，但發現他不在線上，這還眞是難得。

「什麼禮物？不要再送我東西了！」

於是我如此回應，等了一會兒之後還是不見他上線，我便先登出自宇宙。

回到現實世界的房間後，我關了燈躺在床上，一直到半夜我起來上廁所時，發現有好幾通未接來電和訊息，好像發生了什麼大事一樣。

訊息大多都是謝如瑾傳來的，少部分是其他人，還有蕭睿裴。

我先打開謝如瑾的訊息，一看見內容後我驚訝地捂住了嘴，不敢相信會有這樣的奇蹟發生。

首先，康雅婷和涂之渙的頻道貌似被人盜用，接連上傳了許多錄音檔或是模糊不清的畫面。

「你有沒有看清楚我寫的劇本？」康雅婷的聲音從一片漆黑的畫面中傳來。

「有啦！」涂之渙十分不耐煩。「媽的，爲什麼黎映會跟蕭睿裴扯上關係？蕭睿裴也對黎映有興趣？」

「涂之渙，什麼叫做『也』？難道你現在對黎映還有感覺？」

「她那麼正，一般男人都會有感覺吧！但是我知道黎映是什麼死樣子，她在床上跟死魚一樣。」

「所以你的意思是，你是因爲黎映像死魚才找上我？」

「妳現在在生氣什麼？當初不就是妳自己說妳和黎映不一樣，所以我們才搞在一起嗎？」

「我本來就知道你渣，沒想到你渣成這樣。所以呢？你後悔了嗎？」

「怎麼會後悔，妳比黎映好幾百萬倍呀。我們也好了好幾次才被發現的。」

「要不是被發現的話，你還想隱藏我多久？」

「好啦，這些過去的事情就別再提了，先來演練等一下要拍的影片吧。」

另一個影片出現康雅婷的臉，她的臉上反射著微光，背景看起來似乎是躺在床上。

「什麼？所以黎映真的是被劈腿喔？」一個女生的聲音傳來，聽起來很是驚訝。

「不要把她講得這麼可憐，他們那已經算是分手了好嗎？又不見面又不給碰，這樣哪是什麼男女朋友啊。」康雅婷大笑著回應。

「但嚴格說起來，他們沒有口頭說分手就是還在交往吧？」

「喂，妳是誰的朋友啊？」康雅婷變臉。

「我當然是妳朋友，好啦，不要聊這個……」

再下一段影片，我認得這個地方，是涂之渙的租屋處，畫面似乎是從電腦桌的方向拍過去，但鏡頭有些歪斜，大多拍到的都是衣櫃和天花板，只有角落似乎拍到一雙腳。

「啊，啊啊……」

「小聲一點，妳聲音這麼淫蕩，一聽就不是黎映，鄰居會發現的。」

「我哪有辦法忍啦！」

我被這些影片嚇到說不出話，這絕對不會是康雅婷他們自己上傳的，而且這些都像是手機被盜用，從手機的鏡頭拍出來的，以及錄音……這是怎麼回事，怎麼可能！

我馬上打電話給謝如瑾，告訴她我看見影片了。

「康雅婷和涂之渙這下子完蛋了，超爽！」謝如瑾幸災樂禍地說著。

「那些影片是怎麼流出來的？這很明顯就是手機被駭……」

「對，這也是大家議論的事情，所以我們的手機真的都被監聽著？我以為是都市傳說！」

「重點是，這些是誰流出來的？又是誰上傳的？」

「不知道，那些影片已經被瘋狂備分和轉發了，聽說康雅婷他們要求平台把頻道關閉，但還沒下文。」謝如瑾嘆口大氣，「科技時代，真的不要惹到駭客耶！」

我上去學校的網站看，發現康雅婷他們的影片也被一併上傳，而且……

「我的影片不見了！」

「什麼？妳是說那個大哭的影片嗎？」

「對！不見了！」我驚訝無比，前陣子被重新上傳到學校網站的影片不見了。

我馬上到搜尋網站找尋，也沒有，連同備分、關鍵字、存檔或是被做成迷因等全部都不見了，這怎麼可能！在這種網路時代，怎麼可能上傳過的東西會船過水無痕般的全部消失？

「妳是不是有認識什麼駭客？」謝如瑾也十分訝異，「還是蕭睿裴也懂電腦？」

「如果是蕭睿裴，他就不會跟我說明天要去報警了……」

「你們原本打算明天去報警?」

「對，雖然報警也不知道有沒有用，但是……」忽然我想起賀天尹的訊息，那句「我要送妳一個禮物」。

「該不會……」

「什麼?妳知道是誰做的了嗎?」

「我確認一下，等等回妳。」

我掛掉電話，拿起一旁的裝置，貼上太陽穴，然後躺到床上。

您即將進入自宇宙，若要繼續請同意。

「同意。」

第五章

一進入自宇宙後，我立刻跑出門，並傳送訊息詢問賀天尹人在哪。

這一次他在線上了，很快便回覆我他在四季公園。

我立刻往公園的方向跑去。

四季公園的名稱由來，是因爲公園裡沒有季節之分，每個季節的各色花朵都在這裡盡情綻放。

而賀天尹就站在中央的噴水池處，當水柱噴灑的時候，噴水池四周的天空會出現美麗的彩虹，從他的頭頂劃過，讓他看起來非常不眞實。

雖然這裡，也不是眞實的世界。

「賀天尹！」

「嗨，黎映。」他穿著寬大的米黃色短袖襯衫當做外套，搭配牛仔褲，一見到我，臉上立刻露出溫柔的微笑。

「是、是你做的嗎？」

「這個禮物妳喜歡嗎？」他沒有否認，帶著微笑的模樣像是在等待我的稱讚。

「謝謝你，眞的很謝謝你！」那些令我痛苦的影片能從網路上永久下架，這是我曾經以爲不可能會發生的奇蹟。

「太好了，我終於送了一個妳會喜歡的禮物。」他十分高興，微笑地看著一旁的向日葵。

「但你是怎麼做到的？還有關於那些……就是像竊取了手機資料一樣，透過他們的鏡頭錄下的影片，還有……有些甚至是很久以前的事情，你怎麼有辦法做到？」

「妳知道機器也是有記憶的嗎？或許大家以爲只要不開啓它，它就沒在工作，但其實機器會將數據默默上傳到雲端喔，這件事情我記得很久以前曾掀起一波討論。所以我只要上雲端找，很輕易就能找到了。既然我都能找到那些影片，那麼要上傳到他們的頻道，或是要消除妳過去所有的影片，都不是難事。」

「怎麼可能不是難事，這絕對不是容易的事情！」而且，也絕對不合法。

慢著，這些話在自宇宙裡講沒問題嗎？

「你在這裡跟我講這些違法的事情，會不會被……」我眼睛朝四周轉著，想提醒賀天尹他剛才的行爲有多危險，賀天尹卻被我的表情給逗笑。

「我都可以做到那些事了，你覺得我還會被自宇宙的規範給束縛嗎？」他朝空中彈指一下，我才注意到我們周圍有層粉紅色的泡泡，將我們包覆起來。「這個喔，可以防偵測與竊聽，但是沒辦法撐太久，大概十分鐘吧，很快自宇宙就會偵測到系統異常。」

「你怎麼做到的！」我驚奇地看著那層粉紅泡泡，慢慢變淡，最後轉爲透明，「既然你可以做到這些，爲什麼之前還會被強制登出跟禁言？」

「因爲不小心被偵測到了，所以一定得被懲罰才行，不過如果我願意，要隨時解開限制也可以，只是不能做得太過火，否則被發現就慘了。」賀天尹說著我完全無法想像的話。

「你是……駭客？」

「嗯，算是吧？但我沒做什麼壞事，我就只有這一技之長。」他說得輕巧。

「怎麼可能……」

「知道我是駭客，妳就不跟我做朋友了嗎？」他低下頭，漂亮的眼睛盯著我看。

我握住他的手。

「怎麼可能！我感謝你都來不及了。謝謝你！謝謝你爲我做的一切。」我熱淚盈眶，不敢相信自己還能有這樣的好運氣。

能夠遇見蕭睿裴、遇見賀天尹，是我的幸運，他們都在我最需要的時候幫了我，讓我終於能夠眞切地擺脫涂之渙和康雅婷，更棒的是，終於洗刷了眾人對我的誤會。

「呵呵。」賀天尹笑了起來。

「但是我沒什麼錢，你幫我做這些事，應該很花時間跟金錢吧？我要怎麼報答你？」

「爲什麼要說到錢的事？」

「因爲駭客做這種事情不是都要收錢嗎？況且這是你的專業，我不能讓你白做工。」

「傻瓜，不用啦。」他伸手摸了我的頭，「妳只要繼續當我的朋友，跟我聊天，這樣就夠了。」

「你的要求眞奇怪呢，我也沒什麼特別的，和我當朋友不會很無聊嗎？況且到目前爲止，我這個朋友還一直在給你添麻煩。」

「不會呀，我很喜歡。」

「咦！？」

「我很喜歡妳的直率，還有一點憂鬱，或是很容易高興、沮喪、快樂、滿足、生氣、怨懟等。」

「這些不是都很平凡的嗎？」

「是呀，所以，我很喜歡妳的平凡、不做作。」賀天尹淡淡地說著這些話的同時，臉上帶了點哀傷。

仔細想想，我對他的背景一點都不瞭解呢。

他既然能找到涂之渙和康雅婷的相關資料，那他一定知道我在哪裡念書。

「嗯，我們要不要交換眞實生活會用到的帳號？」我開口，他有些驚訝看著我，

「反正這個泡泡還有效啊，我們趁現在交換聯絡方式，這樣也會方便許多。」

賀天尹先是僵住，然後露出燦爛的笑容，「好啊！」

沒想到他會這麼開心，早知道我就早點問了。

「以後你有機會來台北玩的時候，我們也能見面，一起吃飯。」我說著。

他帶著淺笑，點點頭說：「有機會的話。」

後來我和他在四季花園又晃了一下，發現時間太晚了，明天還要上課，於是我跟賀天尹道別，離開自宇宙，回到了現實世界。

「謝如瑾，我太累了要先睡囉，明天再告訴妳詳情。」

「傻眼，我等妳到現在耶。」

「明天一定告訴妳，愛妳。」

送出這段訊息後，我就昏睡過去了。

今天是這一年多以來，我睡得最安穩的一次。

★

這整件事情的後續發展，就是社群平台終於刪除了涂之渙和康雅婷他們的頻道，但因為影片的備分早已到處流傳，更有許多網紅針對這件事製作了影片分析，使得他們的名聲一落千丈，連帶身邊的朋友也都為求自保而遠離他們。

涂之渙他們也對手機公司提告，認爲是手機公司竊取了他們的隱私。但技術人員查不到任何入侵的痕跡，況且不可能有任何企業會坦承手機真的會監聽每個人的生活，畢竟這也是政府允許的啊。

不過，政府會偷偷地加強雲端的防火牆，讓入侵雲端變得更加困難。當然這些事情是賀天尹後來告訴我的。

只是，註冊自宇宙時把自己的DNA都授權給政府了，卻在手機上要求隱私，有時候想想，自宇宙才是最沒隱私的地方不是嗎？

但那太過複雜，不是我該管的。況且，我也是多虧了政府監聽人們這件事情，才能洗刷我的冤屈。所以某方面我算是感謝的。

而涂之渙和康雅婷這件事情則求助無門，他們雖然打著官司，但是漫漫長路，最後大概也只能尋求和解吧。而我的影片不只在網路上全數消失，聽說連有些人備分在電腦或手機裡的檔案也都消失，甚至有謠傳說我高薪聘請了很厲害的駭客來處理這件事。

雖然的確是駭客幫我處理的，但是我並沒有高薪聘請。

這下子，他們再也不能騷擾我了，因爲全部的人都知道涂之渙和康雅婷他們問題大得很。

我把賀天尹的事情告訴謝如瑾，她嘖嘖稱奇並且感謝他以外，又語重心長地說：

「但是這樣有點可怕。」

「妳是指哪方面？」

「賀天尹啊，他的技術這麼了得，會不會他現在也在竊聽著妳？」然後她看了一眼我的手機。

「妳不要這樣說他，他就只是幫我而已。」我笑著。

「可是他無緣無故幫妳，怎麼想都超級奇怪，會不會以後跟妳索求回報？」

「蕭睿裴不是也幫了我嗎？」

「但妳和他互利共生啊。」

「這麼說也沒錯，但妳不要把賀天尹想得那麼壞，他真的單純只是想幫我而已。」

「我只是有點擔心他做這些事會不會別有用心。」

「他的別有用心就是希望和我繼續當朋友。」我想起他說我很平凡時，眼裡的寂寞與淒涼，讓我相信他是好人。

「妳說他幾乎都掛在自宇宙上面嗎？」

「對啊，我每次上去他幾乎都在。」

「這眞奇怪呢。」謝如瑾一邊用手機查詢賀天尹的名字，但什麼都沒查到，「下次在自宇宙介紹我們認識吧，讓我看看他是不是好人。」

「好啊，但是我也要先問問看他的意願喔。」

「嗯。」謝如瑾又停頓一下，「我有一個想法，他跟我們年紀差不多，但是駭客技術卻強到不像話，然後又說有錢無處花，又幾乎都掛在線上……」

「妳想說什麼？」

「妳知道有些癱瘓的人，在自宇宙重獲身體的自由後，就不想要回到現實世界嗎？」

「妳的意思是？」

「他有沒有可能是類似的狀況？可能身體不方便或是生病了，所以幾乎都待在房間或是病房內，才能大部分時間都在線上。」

「阿宅也會長時間待在線上啊。」

「不是啊，一般人上線超過一定的時間就會被強制登出不是嗎？但是如果有申請特殊狀況，像是身體不方便或是生病的人，他們在自宇宙裡是自由的，基於人道主義，所以他們能比一般人有更長的時間待在裡頭。」

「就算他身體不方便，只要他沒有主動告訴我，我就不會問他。」我點了一下謝如瑾的鼻子，「妳也不要一直猜測他的真實狀況了，這樣很沒禮貌。」

「但是……」

「無論賀天尹怎麼樣，他幫了我是事實，這點是不會改變的。」我很感謝他，這一點也不會變。

「我知道，我只是怕妳受騙上當，我是在擔心妳。」謝如瑾扯了一下嘴角，「好啦，我不會再說了，有機會約一下，讓我們在自宇宙見個面吧。」

「沒問題。」

結束了這場對話，謝如瑾因爲等會兒有其他通識課便先行離開，而我則拿出手機，思考著剛才謝如瑾說過的話。

「會不會他現在也在竊聽著妳？」

賀天尹上次問我是不是心情不好，而那一天我的確心情不好。但這也可能是巧合，因爲我後來有去查星座運勢，那天眞的寫著金牛座會心情低迷。

那關於涂之渙和康雅婷那件事呢？他是怎麼找到他們的？

我在告訴他那些事情時，並沒有講出他們的名字，他怎麼有辦法找到他們？

「啊……」

我想起自己曾經向他提過影片的內容，我記得之前影片被上傳到很多地方，只要用關鍵字搜尋瘋女人、大學抓姦或是兩女一男爭吵等等，或多或少也可以找到那些影片。

賀天尹知道我的長相，而那些影片中也把我的臉拍得很清楚，所以他就能找到我的影片，再經過交叉比對後，或許能找到我就讀的大學，只要能找到我的大學，去我們的版上搜尋一下，再去對照康雅婷曾在頻道中說過自己是哪間大學等等，這樣好像的確可以找到我們。

網路世界還眞可怕，一點點蛛絲馬跡就能找到全部的資料。我光是聯想就能想得出來，對賀天尹來說應該更簡單吧。

「嗯？」我突然停頓一下，想到一個怪異的地方。

我有對他說過我是什麼星座的嗎？

★

蕭睿裴提著飲料來到我上課的教室，班上掀起一陣驚叫的旋風，蕭睿裴似乎很習慣被人注目，他笑著與其他人揮手致意，然後走到我的桌邊。

「珍珠奶茶。」

「半糖嗎？」

「三分糖。」

「也行。」我接過飲料喝了一口，不懂他幹麼特意跑來我班上，是爲了做效果給其他人看嗎？

「週末有空嗎？要不要去動物園？」

「啊？」什麼，週末還得演戲嗎？還是他約我只是爲了演給大家看？「喔，有空啊。」

「太好了，謝如瑾也去吧？」忽然他轉頭朝坐在一旁的謝如瑾問。

「我？你們約會我幹麼去當電燈泡？」謝如瑾也是配合著演戲。

「不會只有我們三個，我會找莫丞正一起。」蕭睿裴說著。

「就一起去吧。」我附和著說。戲要演就演足一點，反正私下取消就好。

「那我們就週末見囉。」蕭睿裴擺擺手，離開了教室。

「哇，你們感情這麼好啊。」

「是蕭睿裴追妳的嗎？」

班上幾個女生湊過來開始八卦，我只是笑著，沒辦法回應。倒是謝如瑾編了一套我和蕭睿裴交往的契機與相識過程，這些設定待會得跟蕭睿裴套招一下，否則雙方講的不一樣，改天被抓包就糟了。

結果當我傳訊息跟蕭睿裴說完這些後，他回了一個OK貼圖，接下來就傳了集合時間與地點給我。

「不是演戲而已嗎？」我楞了一下。

「演戲？不是啊，我是認眞約的啊。」

「爲什麼我們假日還要一起出去？」

「不是說了偶而還是要外出見面拍照上傳嗎？」

「是沒錯，但這也……」

「況且袋鼠和企鵝最近都生了寶寶，去看看也好。」

我也很想看可愛的小動物寶寶，但是有必要跟他一起嗎？

「就算是朋友也會一起出去玩，況且我們又不是單獨去，妳不用想得太複雜。」蕭睿裴或許是知道我在想什麼，於是又補上這段話。

「我知道了，那我們就到時候見吧。」

「嗯。」

蕭睿裴說的沒錯，我們確實偶而該出去戶外放鬆一下，就當做是跟朋友走走逛逛，這也很正常。

不過雖然這麼想，我的內心卻有一點異樣的感覺，事情好像沒那麼單純。

「我想了一下，還是告訴妳吧，但是妳不能跟謝如瑾說。」

蕭睿裴的訊息再次傳來，我楞了下，什麼事情不能跟謝如瑾說？什麼！

「莫丞正對謝如瑾有意思，想要和她拉近關係，所以我才會主動提議假日一起出去玩。但是我怕老實說謝如瑾可能會不想去，所以只能拿我們約會當幌子。」

我一手捂住嘴巴，看著這段文字非常驚訝，還往旁邊看謝如瑾有沒有看見，但是她很專心在上課，沒注意到我異常的舉動，於是我低頭繼續回訊息。

「莫丞正喜歡她？真的假的！哇哇！」

「嗯，但先別告訴她，讓他們多點機會相處，自然發展就好。」

我記得莫丞正的模樣，他看起來憨厚老實又很可愛，說不準是謝如瑾的好球範圍。

「我知道了，那我們就出去走走，讓他們自然相處，別太刻意湊合他們喔。」

「當然。」

結束與蕭睿裴的對話，我將心思轉回課堂上。

不過還是忍不住竊笑，謝如瑾應該沒想到，自己的桃花來了。

★

去動物園當天，我們約好在捷運站集合，只見謝如瑾穿著貼身長褲，上衣卻是有著大猩猩圖案的粉紅色T恤。

「妳怎麼會穿這樣？」這不是謝如瑾平時的穿衣風格，所以我十分驚訝。

「我真的要氣死，我剛才出捷運站閘門的時候，被一個臭小孩撞到，飲料全部灑在身上，我只好在旁邊的商店隨便買一件了。」

「哈哈哈，無妄之災，反而讓妳穿上了妳永遠不可能穿的衣服。」

「這件已經是店裡最好看的了。」謝如瑾一張苦瓜臉，「好在今天是你們的約會日，主角不是我。」

喔不，今天的主角是妳啊！

但我不能說出口，只好乾笑兩聲。

「這也不是約會，就當做是我們四個好朋友一起出來散心吧。」

「喔，知道啦！」謝如瑾怪笑著。

「妳們已經到了啊。」蕭睿裴和莫丞正從手扶梯上來對我們揮手，但是在看見謝如瑾的穿著時，蕭睿裴明顯歪頭疑惑了一下。

「吃過早餐了嗎？」我問。發現莫丞正眼睛直盯著謝如瑾看。

「簡單吃過了，反正逛一下很快也要吃午餐了。」蕭睿裴邊說眼神又朝謝如瑾的衣服看去，我立刻用手肘輕輕撞了他一下。

「別問。」我低聲說。

「喔，看來是有什麼難言之隱。」蕭睿裴也悄聲回我。

「我有帶茶葉蛋來，給你們幾顆吧。」說完謝如瑾就從包包裡拿出一個袋子，裡面裝滿了茶葉蛋。

「哇，妳是帶了幾顆啊？」謝如瑾家裡是不是賣茶葉蛋的啊？

「每個人可以吃兩顆都還有剩呢。」謝如瑾遞給每個人一顆，當她把茶葉蛋放到莫丞正手上時，對方還有些害羞地低下了頭。

「謝謝。」

「不客氣，如果還想吃的話再跟我說喔。」

「嗯，對了，那個，妳今天穿得……很可愛。」結果莫丞正哪壺不開提哪壺，突然說起衣服的事，雖然稱讚女生的穿著會很加分，但是也要看一下狀況吧！

謝如瑾現在可是穿著大猩猩圖案的衣服耶，大猩猩耶！怎麼會說她穿得很可愛？

「呃……謝謝，你人眞好。」謝如瑾有些尷尬。

「我說錯話了嗎？」莫丞正用可憐兮兮的眼睛看著蕭睿裴。

蕭睿裴則看了我，張嘴想說點什麼卻又說不出口。

「好了好了，我們快點入園吧。」爲了不要讓謝如瑾發現我們的目的，所以蕭睿裴趕緊打了圓場。

「走吧！」

在往大門去的路上，我刻意回頭看了一下莫丞正的狀況。

他把那顆茶葉蛋捧在手掌心上，彷彿什麼稀世珍寶般小心呵護著。

大哥，那不過就是一顆茶葉蛋啊！

我很想這麼跟莫丞正吐槽，但或許是我的眼神已經表明一切，所以當我和蕭睿裴對眼時，他一臉對莫丞正沒辦法的表情，微笑著用嘴型跟我說：「忍住。」

入園後，我們先往可愛動物區移動，在這裡可以抱兔子、餵小馬等，有很多可以跟動物互動的活動，還有工作人員會幫忙拍下遊客與小動物互動的照片。

接下來我們搭乘園區的接駁車來到猛獸區，看著獅子、老虎等，想起了在自宇宙也有動物園。

「妳們有去過自宇宙的動物園嗎？」我問他們。

「沒有，想說動物園就沒必要去了吧，就算要看動物幹麼不看眞的，要去看假的呢？」謝如瑾說。

「我也沒去過，我上自宇宙都是去打遊戲而已。」莫丞正說起自宇宙裡的電玩廳，在那裡可以眞實體驗電玩的體感與暢快，像是能眞的到無人島上生活，拿起刀械與敵人搏鬥等等。

「我沒用自宇宙。」蕭睿裴的話令我們都吃了一驚。

「現在很少會遇到不用自宇宙的人了！」

「爲什麼不用啊。」我和謝如瑾驚訝地問，反而是莫丞正一臉平常。

「根據我的經驗，我上一次去自宇宙是去抓姦，對那裡沒什麼好的回憶，所以我就把它刪掉了。」

啊……我和謝如瑾面面相覷。

「不過你知道是沒辦法眞正刪除自宇宙的帳號嗎？你頂多就只是不再登入罷了。」

莫丞正忽然潑冷水，讓我和謝如瑾都笑了。

「囉嗦，我知道啊，但反正我只要不進去自宇宙，不就等於沒在用嗎？」蕭睿裴搖頭，「反正我已經一年沒登入了，可能連密碼都忘記了。」

「自宇宙又不是用密碼登入的，是用你的DNA，只要戴上裝置……」

「莫丞正，你今天話很多耶！」蕭睿裴阻止好友的吐槽，我和謝如瑾聽了不約而同大笑起來。

「那你以前用自宇宙的時候，有花錢在裝備上嗎？」謝如瑾忍不住這麼問。

「……」但蕭睿裴看起來不想回應，倒是莫丞正幫他回答了。

「有喔，他買了很多衣服，而且都是當季流行的。以前我們很常一起去自宇宙打電動，但自從蕭睿裴不再登入後，就我自己去打了。」

「哇，那你這樣花錢買的衣服都浪費了。」我對蕭睿裴說。

「反正那些衣服我在這裡也有，沒什麼浪費不浪費的。」蕭睿裴的回答，讓我跟謝如瑾驚訝地互看一眼。

「難道你不僅僅是蕭睿裴，還是蕭大少爺嗎？」我故作恭敬地問，莫丞正被我的話逗得哈哈大笑。

「別鬧了，我只是以前很努力打工，存了不少錢。」蕭睿裴扯了嘴角。「好了，我們再不走，等等人會越來越多。」

「好，快點出發！」我舉手吆喝。

我們沿著猛獸區往下走，來到亞洲區，這裡第一個區域就是大猩猩的展示場，這讓莫丞正又對謝如瑾喊：「是妳衣服上的猩猩耶！大猩猩在這裡，我幫你們拍照！」

「我眞的要殺了莫丞正！」謝如瑾咬牙切齒，衝上去用力撞開莫丞正。

「他們兩個眞有活力。」蕭睿裴來到我身邊，「我一直想問，是誰幫妳把那些影片都刪除了？」

「駭客。」我老實回答。

「所以妳眞的花錢聘請駭客處理？」他十分驚訝。

「我很好奇，大家總是說花錢可以請誰來處理事情，那如果今天你有錢，你會知道要去哪裡找人處理嗎？又不是在網路上公告誠徵駭客就能徵得到。每次大家都說花錢請誰做什麼，我都想反問一句，你找得到再來跟我講。」

「意思就是說，人脈還是很重要的。」蕭睿裴簡單一句話總結我剛說的話，「所以駭客不是妳聘請的，而是妳的朋友囉？」

「可以這麼說，但我最一開始並不知道他是駭客，我也沒打算要讓他幫我處理，可是那天他忽然就說要幫我了，不只幫我把那些影片全部刪掉，甚至還上傳了涂之渙他們誇張行徑的影片。」

「簡單來講，一切都是巧合。」蕭睿裴很是驚訝，「但是這一切都處理得太好了。」

「嗯，原本我跟你還打算去報警，結果現在不需要報警就能遠離他們了。」

「是啊，這樣也好，報警還要等調查，很花時間。」蕭睿裴看起來在思考什麼。

「妳那個朋友能介紹給我認識嗎？」

「你要做什麼？」

「我想要查一下文惠……文惠就是我的前女友。」

「你現在還要調查你的前女友？放下吧！」我立刻出聲制止。

「不是啦，不要誤會，我眞的放下了啦。」蕭睿裴趕緊澄清。

「你前女友前陣子不是還說要跟你復合嗎？難道你也有這個意思？」

「不是啦，妳要不要讓我把話說完？」

「喔，抱歉，請說。」

「就是……」

「你們兩個要不要拍照啊？」謝如瑾在前方朝我們吆喝著。

「我等等再跟妳講。」然後蕭睿裴就往前面走去。

「我們來拍張大合照吧。」莫丞正也對我喊，於是我們四個人站在大猩猩前面準備拍照。

「三、二、一！」

拍完照，我們繼續往下一個展示區走，我卻一直沒有和蕭睿裴單獨相處的機會，所以還沒談到後續。

忽然莫丞正走到我旁邊，小聲地開口：「黎映，妳知道今天為什麼會約出來嗎？」

「啊……你是說……」我用眼神示意前方正在和蕭睿裴聊天的謝如瑾的背影，莫丞正微微紅起了臉，然後點點頭。

「我今天表現得怎麼樣？」

「什麼怎麼樣？」

「妳是她的朋友，應該很瞭解她的喜好，我是說以她對男生的喜好……所以我今天這樣子有加分嗎？」

原來莫丞正這麼認眞，見到他眞心苦惱的模樣，連我都有點心軟。

「你爲什麼會忽然這樣問？你有覺得你哪裡表現得不好嗎？」

「因爲她剛才忽然很生氣的說要揍我……」

我想了一下，恍然大悟。「因爲你一直在調侃她的大猩猩衣服啊，還說有大猩猩快點一起合照，她當然要揍你！」

「咦！？我以爲她穿大猩猩的衣服是配合今天動物園的行程，以爲她是穿上自己最喜歡的動物的衣服！」

「啊？你眞心這麼以爲？」

「對啊！」忽然莫丞正拉起自己衣服的下襬，讓我瞬間嚇一跳，「看，我裡面也穿了熊貓圖案的衣服。」

原來他外面這件是大外套，裡面還有一件T恤，嚇死我了，還以為他要脫衣服。

「喔，她不是啦，她是因為已經到了動物園捷運站，衣服不小心被弄髒，所以只能就地買衣服。我還笑她這件很俗氣，結果你居然稱讚可愛，太假了啦。」

「我是真的覺得很可愛啊！」

「真的假的？」我再次被莫丞正驚訝到，「認真？」

「嗯，我真的覺得謝如瑾穿這樣很可愛，應該說今天就算她穿鱷魚、羊駝或是老虎，我都會覺得可愛。又或者她今天穿洋裝還是荷葉邊上衣，我也一樣覺得可愛。」

「簡單來講，無論她今天穿什麼衣服，你都會覺得很可愛就是了。」

「嗯。」他的臉頰泛起紅暈。

真是沒想到。

「你什麼時候喜歡上她的啊？」

「什麼喜歡，我就只是覺得她很不錯……」

「都這樣子了還不叫喜歡嗎？」

「嗯，大概就是，她一路以來都全力支持妳，為了妳和其他人奮戰吧。我喜歡認真又重視朋友的女生，就這樣注意著她，不知不覺……」

聽到這裡，我忍不住熱淚盈眶。

一直以來爲了我努力發聲的謝如瑾，有人看見了她爲朋友拚命的模樣，並且欣賞她的義氣。

「嗯，我覺得人的喜好這種事情是很彈性的，也有著無限可能，重點是只要喜歡上了，就沒有任何類型限制的問題啦。」

「妳這麼說就表示我的外型不是她的菜……」莫丞正哭喪著臉。

「不是啦，因爲我也不懂謝如瑾的喜好啊，她曾經說過涂之渙帥，也說過蕭睿裴帥，你覺得他們是同個類型的嗎？」我甚至連自己的喜好都不瞭解了。

「也是。好吧，我懂了。」莫丞正向我道謝以後，馬上往前衝去，硬擠進蕭睿裴和謝如瑾之間。

蕭睿裴哇了一聲，然後回頭看我。

「他好積極。」蕭睿裴用唇語這麼跟我說。

我笑了幾聲，對著蕭睿裴招手，想要把剛才未盡的話題聊完，但這時謝如瑾卻回頭問我們：「午餐時間到了耶，我們要去吃什麼？」

我和蕭睿裴又對看一眼，看樣子要晚一點才能談了。

第六章

「哇，這個超級好吃的耶！」謝如瑾手捧著臉頰，露出幸福的模樣。莫丞正看到她那個表情，也露出開心的靦腆笑容。

我和蕭睿裴對看一眼，不知道莫丞正這麼明顯的表現，看在謝如瑾眼中是什麼意思。

「沒想到我們會一起出遊，也沒想到心情會這麼好，眞是世事難料！」我明白謝如瑾此刻的感受，解決了涂之渙與康雅婷的事後，我的心情也輕鬆不少。

「是啊，說不定以後還有更多意想不到的事情發生喔。」蕭睿裴意有所指，但謝如瑾應該聽不懂。

我用手肘頂了蕭睿裴一下，說好了別太刻意湊合他們的，否則要是謝如瑾和莫丞正兩人之間變得尷尬，那也不是樂見的。

「對了，你們兩個喝酒嗎？」謝如瑾忽然開口邀請，「下次我們一起去天使怎麼樣？」

「天使⋯⋯妳是說那間夜店？」蕭睿裴手指抵著下巴。

「妳們會去夜店喔？」莫丞正一臉意外。

「嗯，是啊，去聽音樂、喝酒，偶而放鬆心情還不錯。」

蕭睿裴看向我，「所以妳也會去舞池跳舞？」

「會啊，但就是跟著音樂擺動身體而已。」講完這句話，我突然覺得自己好像有點蠢，「我們兩個前陣子還去了自宇宙的天使開幕活動。」

「對對，自宇宙的天使也很不錯，至少不會擁擠，空氣也不會難聞。」謝如瑾又塞了一口麵，「不過蕭睿裴已經不用自宇宙了，所以我們去實體的天使吧。」

「好，我要去！」莫丞正立刻舉手。

「你沒有去過夜店對吧？大個子。」謝如瑾瞇眼看著他。

「呃，對！」

「好，姐姐就帶你見見世面！」謝如瑾如此說，這讓莫丞正欣喜若狂。

看樣子，他們相處得還不錯，不用我們兩個多事了。

下午我們又逛了好幾個地方，直到雙腳開始發痠，身體也有些疲累後，我們才決定回家。

「要不要一起吃晚餐？」在捷運上時，坐在我旁邊的蕭睿裴這麼問。

我看了一下另外兩個已經睡著的人，「你現在是要找大家一起吃，還是私下約我？」

「私下約妳，我們之前的話題還沒講完。」

「嗯，好啊。」我點點頭。

捷運到站後，莫丞正似乎還不想結束這一天，開口問了大家要不要一起吃飯。沒料到他會開口邀約，我和蕭睿裴也不好說要單獨相處，畢竟他們也知道我們是假交往。但我又不想駭客的事情讓太多人知道，正躊躇著該怎麼回答。

「不了，我要回家休息，好累。」蕭睿裴率先開口拒絕，而且還說了謊。

「那黎映呢？」謝如瑾問我。

「呃，我要……」我眞的不會說謊，又找不到藉口，「我就不去了。」

謝如瑾的眼睛在我和蕭睿裴兩人身上來回打轉了一下，沒有多問，「好，那大個子，我們自己去吃吧。」

意外的收穫讓莫丞正高興得心花怒放，還以爲我們兩個是故意做球給他，對我們比了讚後，幾乎是小跳躍地跟在謝如瑾身後離開。

「謝如瑾剛剛的表現，是以爲我們在湊合他們嗎？」敏銳的蕭睿裴果然也發現謝如瑾剛才的打量眼神。

「我覺得不是，她應該是知道我們兩個私下有約。」畢竟以往像這樣的外出活動後，我都會跟她一起吃過晚餐才回家。

「原來是這樣。那我們走吧。」蕭睿裴說。

「嗯。」

我們在熙來攘往的人群中走著，我看著霓虹燈閃亮，看著夜空充斥著人爲的光害，但那斗大的月亮始終不曾被掩蓋光芒。

「妳在看什麼？」

「在看今天的月亮很亮。」

「亮卻不刺眼，在漆黑的宇宙中折射著太陽的光，卻不同於太陽的炙熱與刺眼，月亮是一種曖曖內含光的存在。」

「哇，你怎麼忽然這麼詩意呀？」

「先看月亮的可是妳喔。」蕭睿裴一笑，「我們吃這家餐廳好嗎？」

「好啊。」我和他一起走進韓式烤肉店，這裡十分熱鬧，聊天的內容也不會特別被注意到。

「所以剛才沒說完的話是什麼？你打算跟前女友復合？」我一邊烤著肉一邊問。

「不是，妳是聽到哪裡去了？我從一開始就說了沒有要復合。」蕭睿裴喝飲料差點嗆到。

「那你爲什麼提到駭客和你前女友的事情？」

「我和文惠的分手雖然不是很愉快，但是我們畢竟一起度過了一段美好時光，當那些衝動的情緒都過去後，又讓我想起以前只當朋友時，那種純粹的友情。」

「嗯嗯嗯。」我將肉片放在生菜上，順便放了一堆泡菜，大口吃下，我的天喔，超級好吃。

「在我和她只是朋友的時候，她和前男友正在交往。後來跟前男友分手後，她非常難過，我大概就是在這時候趁虛而入的。」

「沒想到蕭睿裴你也需要趁虛而入，我以爲女生看到你都會自動愛上你。」我拿著剪刀剪著烤好的五花肉，夾起一塊沾上醬料塞進口中，太好吃了，我還可以再吃十塊！

「最好是，難道妳看到我的時候有自動愛上我？」

「哎呀，我不一樣啊。」我喝了口可樂，繼續吃著五花肉。

他盯著我看了一會兒，「很好吃齁？」

「呵呵，眞的很好吃，你說話，我吃東西，這樣很好呀。」

他笑了下，「反正，和我交往的過程中，我們雖然很開心，但是我可以感覺到她在內心深處還是想念著前男友。」

「嗯，但如果內心還沒有放下，爲什麼還要跟下一個人交往呢？這樣不就傷害到下一個人了嗎？」

「但也有些人是藉由新戀情去忘記上一段戀情，我就是賭有這個可能，才會要她和我交往的。」

「原來是你自己要求的。」我請服務生再幫我們把小菜加滿。

他點點頭。「所以當我知道她在自宇宙和前男友聯繫上，並且舊情復燃的時候，我一方面覺得自己果然還是比不上前男友，果然還是輸給了他們的感情。但是一方面我又覺得很生氣，我的付出、我的感情，我們在一起的時光被背叛了，我也想哭，也想尖叫，但最後我還是告訴自己，是我介入了他們之間，他們表面上雖然分手了，但內心卻不想分手。」

我正準備將生菜包肉塞進口中，聽他這麼說，不禁停下動作，有些同情地看著他，「原來是這樣子啊。」

「……妳還是先吃吧。」

「謝謝。」我馬上把食物塞入嘴裡，嗯，眞的好好吃。「你也趕快吃一點，都我在吃。」

「妳也知道都妳在吃啊？」蕭睿裴嘆氣，然後伸手夾了片五花肉放進口中。「哇，眞的很好吃。」

「知道爲什麼我會吃不停了吧？」

「好吧，原諒妳。」他開玩笑地說。

「我覺得你沒有錯，是她不該沒釐清自己的感情就接受你。就算她想藉由你忘記前男友好了，她也不能還在與你交往的情況下，又跟前男友開始發展關係。」我看著蕭睿裴狼吞虎嚥的模樣，「不過她和前男友是爲什麼分手？」

「她前男友到國外念書，因爲遠距離的關係，所以他們才協議分手。最後卻在自宇宙跨越國界見到彼此，因此舊情復燃。」

「自宇宙的確是遠距離戀愛者的福音。」

「但那畢竟是假的不是嗎？」

「我也這麼認爲，可是當很相愛的時候，只要能見到面，又怎麼會是假的呢？自宇宙碰觸得到對方，也能感受到聲音與體溫，那眞的可以以假亂眞。」說著這些話的同時，我想起了賀天尹，現實中他明明遠在屏東，在自宇宙裡卻又眞實地站在我面前。

「但他們就只能在自宇宙見面，那等於是一個完全的私人領地。妳知道有多少的外遇與出軌都發生在自宇宙嗎？而且在那裡發生的任何事情，因爲只存在於腦中的世界，在現實並沒有眞正發生，所以沒有法律約束力。」

也就是說，即便在自宇宙殺人，但實際上被殺的人並不會眞的死亡，還是能夠再次出現，且現實中本人也不會受到傷害，所以就沒有「殺人」這件事情。

但即便自宇宙不是現實世界，在體感上可是非常眞實，還是會經歷到被傷害的疼痛，爲了維持該有的秩序，如果在自宇宙傷害他人或是傷害自己，也是會受到一定的懲罰，權限被鎖只是基本的，情節嚴重者，自宇宙還會自動通報現實中的警方，並且透過IP告訴警方使用者的眞實位置，很大的機率當你醒來時，警察已經在身邊了。

不過，還是有很多小漏洞可以鑽，畢竟是虛擬世界，有時候某些規定還是比現實寬鬆一些。

「自宇宙的出現，或許有很多正面的地方，但同時也有了很多隱憂，而這些都不是好解決的事情。」

「現實世界不也是如此嗎？」

「妳很幫自宇宙說話呢。」

「我只是想說，沒有一個地方是完美的，就算我們製造某個地方的初衷是希望能夠彌補現實的不足，但是到最後，還是會發現其不完美處，但也正因爲不完美才眞實不是嗎？」

「呵。」蕭睿裴吃了口泡菜，「妳很能說呢，黎映。」

「不敢當。」我又開始吃起來，「所以這跟駭客有什麼關係呢？」

「文惠她……前陣子不是跟我提復合的事嗎？我覺得她有點奇怪，所以稍微跟她聊了一下，原來她懷疑前男友可能在現實中是有女朋友的。」

「什麼？」

「其實現在也不算是前男友啦，反正，文惠說男友上線的時間變得很不固定，有時候還會匆匆下線，而他們能配合時差的時間都在自宇宙見面了，平常其他時間也不怎麼聯絡，所以文惠壓根不知道男友現實中的狀況。」蕭睿裴冷笑，「自宇宙讓人感覺很眞實，眞實到自己都忘記確認眞正的眞實到底是怎麼樣。」

「所以你是希望我朋友可以駭進文惠男友的手機，確認看看他在現實中是不是有女朋友嗎？」

「對。」

「我沒辦法。」

「我想也是。」蕭睿裴認眞地看著我，「但請妳跟他提看看，我願意付錢。」

「你怎麼會願意爲了曾經背叛你的前女友做到這種程度呢？」之前蕭睿裴甚至還說羨慕我能夠對涂之渙大吼大叫，可是他不只沒這麼做，現在甚至還要幫前女友維繫和男友的感情。

「或許是因爲不是男女朋友後，我們退回到朋友關係，而我們曾經是很好的朋友。」蕭睿裴搖頭，「我很傻是吧？」

「是沒錯，但是自己說出口就不傻了。」我吐嘈他，一邊把一塊肉夾到他的碗裡，「不過這樣的傻子，還挺不錯的。」

蕭睿裴看著我，然後欣慰地笑了一下，「謝謝妳的安慰。」

「不客氣，但是我很抱歉，我覺得這是一件……很私人，也有點失禮的事情，我不會去問我的朋友。」

蕭睿裴垂下眼睛，「我知道了。」

「你放下前女友吧，無論她男友到底是什麼狀況，那都是她自己的事情。假設查到他有女友，你又能怎麼辦？又要安慰她嗎？」

「我也不知道，沒辦法想那麼遠，只能先想到幫她解決問題。」

「那你對她也是餘情未了囉？」

「不是，我只是希望她花了這麼久的時間都還忘不了前男友的話，至少要好好的幸福下去。」蕭睿裴認眞地說。

「但是你不要深陷其中，到最後你會變成眞正介入他們之間的人。」我認眞說著，「那個分界要守好。」

「我不會，我是分得很清楚的人。我努力爭取想要的，獲得了以後我也會付出一切，但若我付出後依舊沒辦法得到想要的，那我也會放手。我對文惠已經沒有任何男女感情了，但我喜不喜歡她，跟我希望她幸福是兩件事。」

「要做到這樣很不容易呢。」我有些意外，好像越認識蕭睿裴，越覺得他跟我原本想像的不太一樣。「原來帥哥也會這麼痴情。」

「噗！」他聽到我這麼說不禁笑了出來，「謝謝妳稱讚我帥，但帥哥也是會很認眞戀愛與失戀的。」

「你也覺得自己是帥哥呀？聽起來有點不爽。」

「每個人都應該覺得自己是帥哥美女，每個人都應該被珍惜。」蕭睿裴看著我，一臉疼惜。

「嗯，你說的沒錯。」被他看得有些不自在，我趕緊又喝了口可樂。

「謝了，有女朋友眞好，可以聽我和前女友的煩惱。」

「哇，這一整句話聽起來好渣。」

我說完這句話，我們兩個不約而同笑出聲。

「對了，所以妳那個駭客朋友在哪裡認識的？」

「在自宇宙。」我說。

蕭睿裴挑起一邊的眉毛，「我很久沒有去自宇宙了。」

「有機會再上去玩玩，我們可以加好友。」

「嗯，如果哪天我決定要上線的話。」他說。

結束用餐後，我們在餐廳門口道別，這裡離我家很近，我只要直走過兩個紅綠燈就可以到了。

我回過頭，看了下蕭睿裴的背影，沒想到像他這樣一個閃閃發亮的男生，也會爲了愛情如此傻氣。果然人不能光看外表，還以爲他玩世不恭，卻願意爲了已經分手的前女友做這麼多。

我轉頭繼續往回家的方向走，發現這裡的地磚會折射路燈的光亮，一閃一閃的，我抬頭看著天上的明月，感覺自己好像踩在地面銀河的錯覺。

「對了！」

我拿出手機把這個畫面拍了下來，然後傳給賀天尹。

這是我第一次用現實中的聊天軟體傳訊息給他。

而就像在自宇宙一樣，賀天尹很快就已讀。

「哇，你這麼快已讀，不在自宇宙裡嗎？」

他雖然已讀，但沒有馬上回覆。

我過了馬路，又拿起手機才看見賀天尹的回應。

「是啊，出來吃晚餐。妳拍的地方是哪裡，眞漂亮。」

「人行道的紅磚地板，閃閃發亮的很美吧，就像是踩在銀河上面一樣。」

「很美，自宇宙就沒有。」

「是呀，應該建議自宇宙也做一個。」我笑著回應，「不過屏東應該也有吧？」

「沒印象，可能有吧。」賀天尹說著，「妳今天還會進自宇宙嗎？」

「應該不會了，和朋友去動物園玩一整天，現在才準備回家，好累。」

「好的，那先跟妳說晚安。」

「晚安。」

我看著賀天尹的大頭貼，和自宇宙的照片不同，眞是新奇。

我走過了一個路口，在下個路口等紅綠燈的時候，忽然想起什麼，又拿起了手機，放大賀天尹的大頭貼。

照片裡的他穿著高中制服，而制服上寫著屏林高中。

我真的只是出於好奇，人都有一點好奇心吧？

所以我在洗完澡後，躺上床準備入睡前，上網搜尋了屏林高中。這是屏東最大的高中，學校資源豐富，且校風多元，是個評價很好的高中，當然升學率也很高。

「不過賀天尹都畢業這麼多年了，還用高中的照片呀。」我一邊找尋著屏林高中的校園照片，然後滑到了他們的影音平台，算了一下我們的畢業年分，然後點開那一年的畢業典禮的影片。

我就只是好奇，想看看現實中的賀天尹。

雖然我覺得謝如瑾說的話很可笑，但還是想確認一下賀天尹的真實面貌。

「屏林高中畢業典禮即將開始……」

我將影片快轉，第一班上台領取畢業證書，男生領完後我又快轉，來到第二班、第三班……最後全部的班級都領完畢業證書，我還是沒看見賀天尹。

覺得自己真是傻了，正準備關掉影片的時候，司儀又說：「現在請畢業生代表上台致詞。」

嗯？怎麼會在頒發完畢業證書後才致詞？

「六班，賀天尹。」

我瞪大眼睛，馬上把螢幕放大。

稚氣臉蛋的賀天尹帶著笑容站到台上，他穿著屏林高中的制服，看起來閃閃發亮。

「我是賀天尹，很榮幸代表畢業生致詞，但我並不是主角，我們都是主角……」他開口說著，台下揚起一陣歡呼。

他微笑，模樣青澀又可愛。

影片結束後，我到屏林高中歷屆的榜單搜尋賀天尹，雖然名字都有馬賽克，但是剛才聽到他是六班，且「賀」這個姓氏也不算常見，所以很輕易就找到六班唯一姓賀的學生考上的大學。

「在台中啊……那沒有很遠啊。」賀天尹的大學就在台中，比屏東近多了，他卻沒有跟我提過。

嗯，雖然他也沒必要一定得跟我說，但就是有種……我還以爲我們已經很熟了呢。至少在我問他哪裡人的時候，他可以說他在台中念書啊，這樣應該沒關係吧？

然後我搜尋賀天尹就讀的原中大學，找到了他的系所，接著點進校版的照片裡找尋，很快就看見許多賀天尹的照片。

他們似乎有很多活動，照片中的賀天尹總是笑得很開心，身邊聚集了很多人，似乎也是團體中的核心人物。

「看樣子他在學校也是個風雲人物呀，他這麼常掛在網路上，我還以爲他是無所事事的人呢。」我小小鬆了一口氣，因爲實在忘不了他總是有點寂寞的模樣，但看來他現實生活過得挺充實的。

「不過他哪來這麼多時間呀？」時常與同學一起出遊玩樂，怎麼還能常常在自宇宙悠晃呢？

「算了，何必探究他的隱私。」說歸這麼說，我也已經查完他的學校了。

★

自從動物園回來後，莫丞正便放開膽子邀約謝如瑾了。

聽說是因爲他們後來一起去吃飯時，氣氛挺不錯的，謝如瑾喝了一點酒後就亂講話，類似說了「要找男朋友就得找你這種的」之類的話。

雖然一般人可能會把這當做是酒後的胡話，但莫丞正的個性比想像中還要認眞，所以他把這句話放在心上，並且決定認眞追求謝如瑾。

「莫丞正是不是沒什麼朋友？」謝如瑾遇到自己的事情就變得很遲鈍，在我們三個一起用餐的時候，她忽然開口這麼說。

這讓我和蕭睿裴差點嗆到，兩個人互看一眼後，決定還是不要告訴謝如瑾事實眞相，以免她尷尬。

「怎麼說？」所以蕭睿裴把球丟回去。

「他一直約我出去啊，奇怪了，你們不是有一群朋友嗎？怎麼不一起出去？」謝如瑾攪拌著烏龍麵。

「喔，我們那群就都男生啊，有時候也會想要有一點柔性的氣息。」蕭睿裴胡亂回答，「我們是沒什麼女生朋友啦，所以……」

結果話都還沒說完，就看見莫丞正和其他人一起經過我們這邊。

「蕭睿裴，你們今天在這裡吃喔？」其中一個女生主動和蕭睿裴打招呼，還不忘打量我一眼。

嗯，就是那種打量。

「對啊，不然每次都吃那邊的便利商店也有點膩。」蕭睿裴輕快地回應，然後我注意到莫丞正看起來有些小慌張。

謝如瑾倒是沒講什麼，也沒特意打招呼，就這樣他們幾個人便離開了。

「我看也不是沒有女生朋友啊，剛剛那一群裡面不就有很多女生？」結果謝如瑾果然這麼說。

「呃，難得呀，畢竟班上還是有女同學，他們難得今天一起吃飯吧。」蕭睿裴趕緊打圓場。

「但我看其中有一個女生好像跟莫丞正靠得很近耶，那個穿黃色上衣紅色裙子，頭上有著紫色髮圈還戴了項鍊的女生。」

我和蕭睿裴互看一眼，這麼短短的瞬間，謝如瑾會不會看得太仔細了啊？

「這麼一想，是靠得有點近。」感覺有譜喔，我順水推舟跟著說：「感覺就是喜歡莫丞正吧？」

「咦？哪個，小荳嗎？」蕭睿裴似乎沒接到我的球，還認眞思考那個小荳的存在。「眞的耶，她好像滿常過來找我們說話。」

「難道不是找你嗎？」謝如瑾笑著說。

「當然也是會跟我說話，但也很常找莫丞正聊天，好像還會叫他幫忙修理電腦還什麼的……不會吧，她喜歡莫丞正嗎？」

我原本只是隨意說說，沒想到是眞的。

「大概吧，莫丞正還一直說自己沒什麼桃花運，看樣子並不是這麼一回事呀。」謝如瑾的話有些酸。

「但是莫丞正他……」

「這個很好吃耶，妳吃了嗎？」我打斷正準備積極解釋的蕭睿裴，有些事情點到爲止就好，要留點空間給人想像，這樣子才會進展得更快。

「這個嗎？我覺得味道很怪。」謝如瑾有些悶悶不樂。

結束和蕭睿裴的午餐後，我和謝如瑾往下一堂課的教室走去，我刻意不再提起莫丞正的事，我知道謝如瑾如果有什麼想法，會主動跟我說的。

「我找到賀天尹就讀的大學。」

「眞的假的?哪一間?」

「原中大學,就在台中而已。」我把自己的顧慮告訴謝如瑾,也找出那些生活照給她看。

「哇,從這些照片和影片看來,他眞的也是帥哥一枚呢。」謝如瑾讚歎地說,「妳最近走桃花運喔。」

「妳在講什麼,我跟他們都沒有感情糾葛啦。」

「誰知道呢?」她笑了笑,「之前不是說要介紹給我認識嗎?妳有問他了嗎?」

「啊,我今天問問看。」

「今天?妳最近很常上去自宇宙?」

「嗯。」

「妳在自宇宙也沒什麼娛樂,難道都是特地上去跟他聊天?」

「算……是吧?」

「不行不行,妳不能這樣過度沉迷網路!我決定了,我們今晚就去實體的天使吧!」

「今晚?」

「對,然後也約莫丞正和蕭睿裴。我們之前不是也有說好要一起去天使嗎?」

「約男生去夜店……」話還沒說完，我便想起剛才謝如瑾看見莫丞正與女生走在一起的模樣。

難道，她是想用這個藉口約莫丞正嗎？

雖然這只是我的猜測，但如果眞的跟我猜的一樣，那我勢必得答應。

「好！沒問題，我來約他們。」我積極地說。

我心跳加快，如果謝如瑾眞的也對莫丞正有意思的話，那就太好了。

於是我傳了訊息給蕭睿裴，還順便講了我的猜測，他當然也爲了朋友的戀情有所進展感到高興，所以馬上就答應我。

我們約好時間後，我便先回家整理服裝儀容和洗澡，並利用空檔登入自宇宙，果不其然又看見賀天尹在線上。

我正準備敲他的時候，忽然看見謝如瑾也登入了。

「我只是上來看看妳在不在，結果還眞的在喔！」謝如瑾傳送訊息，順便發出了想來我的小屋的請求。

我按下同意，謝如瑾便馬上出現在我的小屋。

「妳去夜店前也要來跟賀天尹聊天嗎？」

「不是啦，我想說反正還有一點時間，就來問問他要不要跟妳見面，說我想介紹我的好朋友給他認識。」

「我想了想，乾脆約他出來不是更好？」

「什麼？」

「妳可以跟他說，我們要去台中玩，問他要不要出來一起吃飯。」

「我們什麼時候要去台中玩？」

「反正妳就先問問看啊。台中那麼近，他如果答應了，我們隨時出發都可以。」

「有必要這麼拚，跑去台中見網友嗎？」

「因為我覺得妳老是提到他，如果他本人很正常又很帥的話，我就不會老是反對你們了。」

「妳講得好像我跟他已經怎麼樣了。」

「我只是擔心！我不希望妳再受傷。」謝如瑾認眞地說。「雖然他幫妳刪除那些影片，我眞的覺得很感謝，但正是因為如此，我才更覺得要謹愼看待他。」

「我知道了，我知道妳很擔心我。」我伸手握住她，「但是他在台中念書是我自己查到的，我直接跟他說我們要去台中不會很奇怪嗎？」

「又沒關係，妳就隨口跟他說我們打算去台中玩，看他會不會主動說他在台中念書啊。如果他沒提的話，妳就當沒這回事。」謝如瑾努嘴，「不過那也就表示……他隱瞞了自己的事，而這種隱瞞我覺得不是好事。」

雖然不完全認同謝如瑾的話，因為每個人想保有隱私是很正常的事情。但如果賀天尹眞的不願意告訴我，那就表示他還是在我跟他之間隔起了一道牆。

或許，要靠網路與一個人眞心交流，本來就是一件很難的事情吧？即便有了自宇宙這種類眞實的面對面方式，但終究也只是一堆數據。

第七章

夜晚的街道依舊熱鬧，燈光閃爍、人群往來，許多年輕人站在天使門前等待與聊天，我抬頭看著立體的投影廣告不斷變化著。十點一到，立體招牌便頓時熄燈。

「準時熄燈眞是不擾民的最好政策了。」

「哇！」

蕭睿裴忽然出現在我身邊，還靠近我耳邊大叫一聲，把我嚇了一大跳。

「妳怎麼一個人？謝如瑾呢？」他笑了笑，我見他雖然穿著簡單的黑色寬版上衣與牛仔褲，但依舊引來周遭女生們的注意，果然是自帶光芒呢。

「我和她分頭過來，她應該快到了吧。」我看了一下手錶上謝如瑾的顯示位置。我們彼此有開追蹤給對方，而蕭睿裴有些驚訝地看著我手錶上的定位。

「妳們還開定位給彼此嗎？」

「是啊。」

「這樣不就沒有個人隱私了嗎？難道妳們是那種會定位男朋友位置的女生嗎？」蕭睿裴非常震驚地問。我立刻搖頭。

「不是啦，是因爲之前涂之渙的事情，我就是……讓她很擔心，所以謝如瑾就強迫我要開定位給她，讓她可以確認我的安全。」我說完後還有點尷尬，笑了一下想緩和氣氛，「然後就一直開到現在了。其實也可以取消啦，但我們都習慣了。」

「妳和謝如瑾的友情眞是深厚。」蕭睿裴露出羨慕的神情，「有一個如此關心妳的朋友眞好。」

「嗯，你知道莫丞正也是因爲這樣才喜歡謝如瑾的嗎？」

「好像有聽他提起，某方面來說，他們兩個很相像喔。」

「怎麼說？」

「莫丞正是我的高中同學，所以他也認識文惠，當然也看過我以前追求文惠，然後在一起又被背叛後裝沒事的模樣。雖然他不像謝如瑾那樣會陪著哭陪著笑，不過他每天都會找我一起吃飯、上課。」蕭睿裴聳肩，「他怕我不吃東西，所以每次都會買便利商店的食物給我，久了好像就變成一種習慣，然後我會幫他占位子做爲報答。」

聽到這裡我恍然大悟，「所以才會那樣啊……不過不是你叫他買的嗎？」

「是啊，之前和妳一起上的那堂通識課是這樣沒錯，但我是說最早的時候，莫丞正爲我做了那些事，後來就變成像是習慣一樣。就像妳和謝如瑾那樣的感覺吧。」

「看來我們身邊都有個很好的朋友。」

「如果這樣的兩個人可以成爲一對的話，那就太好了。」蕭睿裴由衷希望著。

「對了，你前女友的事情後來怎麼樣？」

「喔，結果是烏龍一場，害我白擔心。」他失笑，「她男友在策劃偷偷回來臺灣給她驚喜，所以申請提早考試，好像下禮拜就會回來，眞是太好了。」

我看著蕭睿裴微笑的側臉，明白他是眞的很爲前女友高興。

「能被你喜歡的人一定很幸福。」

「是吧？我也這麼認爲。」蕭睿裴看向我，「雖然當我在自宇宙看見他們相擁在一起時，那種天崩地裂的心痛我一輩子也不會忘記，但我還是希望他們能開心的在一起。」

「是你親眼看見的？」

「嗯，我在自宇宙裡親眼看見的。」蕭睿裴思索著，「自宇宙太眞實了，眞實到有點可怕，明明處在虛擬的世界，但發生的一切都像眞的一樣。我不再進去自宇宙，除了會讓我想到被背叛的那個場景外，還有另一個原因就是，那裡太眞實了，會迷失自己。」

「如果你在自宇宙認識了一個好朋友，你也會覺得他是假的嗎？」

「如果我能在現實世界見到他的話，我才會相信他是眞的。」蕭睿裴皺了眉頭，「自宇宙除了一般使用者外，還有植物人或是癱瘓者也可以進入對吧。那妳知道還有AI嗎？」

「AI……？」

「嗯，妳怎麼知道在那裡遇到的人，是眞實的人類，還是系統創立出來的NPC呢？如果是NPC也就罷了，但若是AI呢？」蕭睿裴抓了一下鼻頭，「雖然我們的生活和二十年前沒有差多少，只有3C產品和網路世界進步神速，但我有時候會覺得科技太過進步後，人類就會消失在人類身邊了，那實在太可怕了。」

「你這些話好難懂。」

「就像妳的那位駭客朋友一樣，只要能夠連結上網的地方，他就有辦法入侵。」蕭睿裴停頓了一下，「說實話，人類或許能做到這樣，可是妳能確定妳的朋友眞的是人類嗎？」

「蕭睿裴，被你講得好可怕。」

「是啊，我大概是反科技的書籍看太多了。」講完後蕭睿裴看了一下手錶，「他們兩個也太慢了吧。」

「對耶，我們好像聊很久……啊，看到他們了。」我朝斑馬線對面揮手，謝如瑾和莫丞正也朝我們招手。

「抱歉抱歉，我們晚到了。」謝如瑾氣喘吁吁地跑過來，一把抱住我。

「你們怎麼會一起到啊？」蕭睿裴問。

「在前面路口遇到的，結果莫丞正說他要去便利商店買點吃的，然後還要加熱，便利商店排隊的人又很多，所以我們才遲到。」謝如瑾抱怨著，莫丞正則憨笑，拿出了茶葉蛋給蕭睿裴。

「給你，還有牛奶。」

蕭睿裴看著手中的食物，然後對我挑眉。剛聽完他們之間的友情故事，此刻看到這樣的畫面便覺得很窩心。

「好啦，快點吃完快點進去吧！」謝如瑾拍手催促著。

過了一會兒，我們終於正式踏入天使，裡頭如記憶中一般，震耳欲聾的音樂襲來，燈光閃爍忽明忽暗地，舞池裡聚滿了人，而莫丞正端了幾杯酒過來。

我們四個站在一旁乾杯，然後謝如瑾拉著我往舞池走去。

「怎麼樣，跟自宇宙的天使有什麼差別？」她大聲地問我，而我則皺眉。

「沒有勿擾模式可以開。」

「哈哈哈哈。」她大笑，然後對我眨眼，「這樣子才能和別人交流啊。」

說完後，她居然轉身拉著莫丞正的衣服，然後與他左搖右晃地舞動身體。莫丞正又驚又喜，但看起來不太會跳舞，肢體動作十分僵硬。

「看來好像還不錯喔？」蕭睿裴站到我旁邊，然後對我伸手，「一起跳？」

我看見他這個滑稽的模樣，忍不住笑出來，「又不是什麼公主派對，還要邀請一起跳舞啊？」

「這是禮貌。」

「那你會跳舞嗎？」

蕭睿裴聳肩，看了一下同手同腳的莫丞正，「至少比他好囉。」

「我想他不是不會跳舞，而是緊張吧。」畢竟謝如瑾正抓著他的手啊。

「有什麼好緊張的。」蕭睿裴還嘲笑了一下莫丞正，而我把手放在他的掌心上，開始左右晃動。

結果蕭睿裴跳得比莫丞正還差，整個人像殭屍一樣動得很不自然，我大笑起來，

「你還敢笑莫丞正啊！」

「不是，我平常很會跳的。」蕭睿裴尷尬地笑著，然後看了一下我們交握的手，

「原來真的會緊張。」

「什麼？」

「沒什麼。」他搖頭，露出溫柔的微笑看著我。

不斷閃爍變化的燈光讓我無法看清楚他的表情，但是他握著我的手的力道稍稍加重。

雖然說，這裡是真實世界，此刻我卻覺得有一點不太真實。

★

去天使的那一天後，蕭睿裴對我的態度變得有些奇怪。

雖然他還是會跟我鬥嘴或是講一些有趣的話題，但偶而他會凝視著我，或是看著我微笑，這讓我覺得很不習慣。

不過，謝如瑾和莫丞正倒是更常待在一塊兒了，有時候他們兩個人都沒課了還會相約一起去逛街。

這時候通常我和蕭睿裴也會跟著去，算是他們的煙霧彈吧。

但偶而我又會發現謝如瑾在偷看我，讓我不禁懷疑，難道她也以爲自己和莫丞正是我們的煙霧彈？

這件事情我沒辦法跟謝如瑾確認，也不能和蕭睿裴聊。

所以我登入自宇宙，賀天尹一如往常地在線上，我敲了他，和他約見面。

「感覺好久不見了呢。」賀天尹一身輕便，他的頭髮看起來鬆鬆軟軟的，整個人懶洋洋。

「哪有很久。」

「有呀，我就是覺得很久。」他坐上一旁的長椅，然後注視著我，「最近過得怎麼樣呢？」

「還不錯，你呢？」

他只是聳聳肩，沒有多說什麼。

「我看妳好像有心事呢。」他又問我。

「嗯……你好像很瞭解我。」

「或許是我很會觀察人的表情吧。」賀天尹手撐在下巴，「說吧，什麼事情呢？」

「我有一很好的女生朋友，最近有人在追她，不過不想明目張膽地追，怕太過明顯的話，很容易嚇跑人。所以我們最近很常一起出去，還有另外一個男生。」我想著該怎麼說會比較好。「我一直覺得，自己和那個男生的存在，是爲了不要讓我的朋友與對方太尷尬。但是我最近發現，會不會我朋友也認爲他們的存在是不要讓我和那個男生尷尬呢？」

我講得好糟，不知道自己在講什麼，說完後覺得好糗，「抱歉，你聽不懂吧？當我沒說。」

「意思就是說，或許妳朋友也覺得那個男生在追求妳，爲了不讓你們也尷尬，才會一直四人約會囉？」

沒想到賀天尹聽懂了，但聽他如此清楚地說出來，還是很彆扭。

「啊，眞不想從妳口中聽見其他男生的事情。」

「咦？」

賀天尹看著我微笑，「黎映，妳這麼可愛又善良，一定會吸引很多人喜歡妳的，我覺得妳不需要想太多，就順其自然的和大家往來，這樣就很好啦。」

「是這樣嗎……」

「就是這樣喔。」他微笑著站起來，「我們去逛夜市好嗎？」

「逛夜市？」

「嗯，永夜區的夜市。」

「我好像還沒去過呢。」

「那一起去逛逛吧。」然後他朝我伸出手，這動作讓我一楞，但我還在猶豫著的時候，他主動牽了我的手。

「永夜區的夜市人很多，這樣會比較安全。」他的手心溫熱，明明是虛擬的自宇宙，但是他手心的溫度卻如此眞實。

他拉著我往前走，我找不到時機鬆開他的手，而且……

在自宇宙四周美得不可思議的景物陪襯之下，我感覺就像是在夢境中，踩著輕飄飄的腳步，被賀天尹帶領著一般。

此刻的我們正走在鋪設於蔚藍大海上的透明橋上，而海水清澈無比，低頭就能看見下方深海區的魚群，這在眞實世界中當然不可能發生。

天空有著彩虹與飄浮的熱氣球，甚至能見到遠方的群山，鮮豔的藍與青交會，如此美不勝收又虛幻，彷彿讓牽手這件事情也變得無需去在意了。

「永夜區到了。」賀天尹出聲提醒，這一刻我才注意到天空有著明顯的交界，永夜區漆黑的夜空灑上了星光銀河，甚至能看見極光變化。

雖然自宇宙和現實世界一樣，會日出日落，但也有永晝區與永夜區的存在，讓一些只能在特定時間登入自宇宙的使用者，也可以感受到白天與黑夜。

「自宇宙眞的太美了。」我抬頭看著在現實中不可能見到的美景，而賀天尹則微笑看著我。

「但自宇宙是虛幻的，所有一切都是靠工程師創造出來的。」

「是這樣沒錯，但還是很美。」

「不，有個東西比這一切還要美。」

「是什麼？」

「妳。」賀天尹的話讓我的心臟瞬間像是被揪緊了一般，整個人僵在原地。

「你怎麼會說這些奇怪的話。」

「不奇怪呀，眞實的東西即便不完美，也是最美的存在不是嗎？」賀天尹莞爾。

原來他所說的美是這個意思呀，我還以爲……奇怪，怎麼感覺有些失落。

「你去夜市想吃什麼呢？」我轉移話題，試圖忽略內心那怪異的感覺。

「地瓜球。」

「跟我一樣耶。」我笑著，他也笑了。

我們在人來人往的夜市裡穿梭，雖然四周人滿爲患，但我並沒有眞正被推擠到的感覺，自宇宙在這方面做得很好，空間會無限放大。但正是因爲如此，我和賀天尹的牽手顯得十分沒必要，可是我們誰也沒有鬆開手。

逛到一半，我們因爲要吃烤玉米而停下來休息，我才想起謝如瑾提到的台中邀約。

忽然我覺得十分緊張，要是賀天尹不想和我見面呢？要是賀天尹眞的不是「一般使用者」呢？

不可能，我查過賀天尹的資料，我根本不需要擔心。

而我又爲什麼擔心？如果只是朋友的話，我要擔心什麼？

「那個啊，你大學會很忙嗎？」我鼓起勇氣問。

「還好囉，大學不都那樣嗎？」他側頭看著我，「妳呢？」

「還行啦，自從我前男友不再煩我以後，我就像是多年的舊疾都痊癒了一樣，變得輕鬆許多。」我笑著說，還對他豎起大拇指，「這都是多虧了你。」

「我眞的沒做什麼事情啦，不用謝我。」他將吃完的玉米往一旁的垃圾桶丟去，抬頭看了星空，「瞧，今天的星空做得很美呢。」

我抬頭看，忍不住驚歎出聲，那布滿星星的夜空，簡直不可能在現實世界中看見。

「也太漂亮了吧，今天自宇宙是有什麼活動嗎？居然把夜空弄得這麼美。還是平常就這麼美？」

「平常就這麼漂亮了。這很像那天妳給我看的照片吧？腳踩銀河。」

「哈哈，現在銀河在天上了。」我忍不住一直盯著星空看，「我在現實世界從來沒看過銀河，沒想到會在這裡看見。」

「是嗎？那就多看幾眼吧。」

「不知道現實中的銀河是否也像這樣子呢？」

「這就不知道了，因爲我也沒看過。」他淡淡地說。

我叫出拍照操作視窗，按下拍照，將這片夜空拍了下來，然後傳給謝如瑾。

不過她此刻不在自宇宙，大概也只會收到我傳訊息給她的通知而已。

「啊……」一想到謝如瑾，又想起我該跟賀天尹提一下約在台中見面的事情。一想到這裡，胃都有點痛了，雖然在自宇宙中胃並不會眞的痛。

「怎麼了？」看到我皺起眉頭，賀天尹關心地問。

還是循序漸進慢慢來好了，先看看賀天尹願不願意在自宇宙和謝如瑾見面，等他們見過面後，我再提台中的事情也不遲。「我有一個很好的朋友，她聽說我在這裡跟你認識，然後你幫了我很多忙，所以也想跟你見面，你會願意嗎？」

「男生還是女生呢？」

「女生呀，就是我之前跟你說過的那個朋友。」他怎麼會問我是男生還女生呢？我一直以來也只跟他提過謝如瑾而已。

「喔，可以啊。」沒想到賀天尹爽快地答應了。「什麼時候呢？」

「我問問她，然後再告訴你好嗎？」

「可以啊，那我得來訂個餐廳，讓我們可以好好聊聊天。」賀天尹似乎很期待。

「訂餐廳，在自宇宙嗎？」

「是呀，自宇宙也有很多高級餐廳喔。」

「好難想像在自宇宙吃高級料理的滋味，要是我在現實中沒吃過的話，想像的味道不也就像是夜市小吃的味道嗎？」

「夜市小吃也很美味呀。」賀天尹笑了出來，「妳可以當做在自宇宙吃的是氣氛。」

「這麼說也是。」

「妳有那種一起吃飯就會覺得食物變好吃的朋友嗎？」

「有呀，就是我要介紹給你的朋友。」忽然我想到了還會一起吃飯的蕭睿裴，以及最近加入的莫丞正，然後忍不住笑了出來。

「怎麼了？」

「我想到前陣子我和大學同學一起去了動物園，我很久沒有去動物園，滿有趣的！」我興奮地說，而賀天尹手撐著頭，帶著微笑看我。

「聽起來很開心呢。」

「是呀，很開心。」

「真羨慕。」他淡淡地說著。

咦？他這句話並不是順著氣氛講的，而是眞的很羨慕的感覺。

「那，我們要不要也去動物園呢？下次你來臺北的時候，我再帶你去？」

「但是我不知道什麼時候才會去臺北呢。」

「那……」

「現在去呢？」

「什麼？」

「自宇宙也有動物園。」賀天尹說著。

「那我們現在去吧！」

「現在？」

「嗯，現在。」

「妳眞的要陪我去？」

「是呀，爲什麼這麼訝異呢？」

賀天尹笑了起來，「但我怕妳會失望。」

「爲什麼會失望？」

「因爲這裡的動物園跟現實世界的一樣，動物本身也沒有什麼奇幻的成分。」

「那也沒關係呀，重點是跟誰去，對吧？」

聽到我這麼說，賀天尹笑得更開心了。

「不然這樣，就當我給的另一個禮物。」他神祕地笑著，然後湊到我耳邊輕聲說：「我來製作一個夢幻動物園。」

「你？製作動物園？這能辦得到嗎？」我驚訝地說。

「可以，小範圍的話，只要不驚擾自宇宙就不會被發現。」他左右張望的模樣增添了緊張感，「但我們得找個安全的地方，去我家怎麼樣？」

「你家？」

「是呀，而且我很會彈吉他，可以順便彈給妳聽。」

面對賀天尹的邀請我十分意外，同時也覺得有些心癢癢的。

「妳不喜歡嗎？」

「沒有不喜歡，只是……」有種異樣的、說不上來的緊張，可是卻不排斥。

我發現他泛紅的耳根，以及他言詞間的怪異還有不安，忽然覺得這樣的他很可愛。

「反正在自宇宙裡面，如果我做了什麼讓妳不願意或是不舒服的事情，妳就可以馬上傳送回妳的小屋。」他極力解釋著，而我笑了出來。

「我想你家應該很豪華吧？」

「是不簡陋。」

「看你花錢的習慣就知道了。」我笑了笑，「走吧。」

「妳真的願意去我家？」

「我得先說，在現實中我可不會去你的房間喔。」

「那當然！」賀天尹笑了起來。

他家位於四季公園後方的山丘上，在自宇宙裡，那片區域算是豪宅區。我看著一整排豪華到不行的房子，裡頭有些只有一個人，有些則是一家人都在。

「最近也很流行一家人到自宇宙旅行或度假。」賀天尹一邊介紹著，一邊領著我往上走。我以爲他家會比其他房子更豪華，但意外的只看見一間很簡單的兩層屋，而且這日式風格看起來很像是……等等，這外型根本是蠟筆小新的家吧！

「你這個是……」

「很棒吧！我很喜歡蠟筆小新喔，所以研究了一下，把他家複製過來。」

「我知道自宇宙可以自己設計房子的外型，但大部分的人都會請設計師設計，你家也是嗎？」

「我是誰呀，我當然自己設計囉。」他打開紅色大門，一踏進去就是玄關，右邊則是鞋櫃。

「我的天啊，眞的跟卡通裡小新的家一模一樣耶！」

「對呀，而且進來這裡後，妳就可以暢所欲言，因爲整個家我都做了結界保護。」

「你做了結界的話，那我如果有危險，不就不能求救或逃走了嗎？」我開玩笑地說，但賀天尹卻忽然緊張起來。

「那、那如果妳不放心，我就把結界解開，我發誓我真的沒有想要對妳怎麼樣！」

「哈哈哈哈，你不用這麼緊張啦。」我大笑起來，看著他滿臉擔憂又手忙腳亂的模樣，跟平時的從容完全不同。

「妳是開玩笑的嗎？」見我點點頭，賀天尹才鬆了一口氣，坐到了玄關邊，「什麼啊，嚇死我了。」

「那你該不會也養了一隻小白吧？」我朝庭院的方向看去。

「妳好聰明。」賀天尹笑著，然後朝裡面喊：「小白！我回來了！」

接著傳來小狗興奮的嗚嗚聲，然後是爪子在地板上滑動的聲響，一隻白色的瑪爾濟斯跑了過來。

「汪汪！」小白奔向賀天尹的腳邊，興奮地搖著尾巴，賀天尹一手將牠抱了起來。

「天啊，超級可愛的耶。」

「妳知道小白是瑪爾濟斯的混種狗嗎？」

「真的？有這種設定？」我伸手也想要抱小白，賀天尹溫柔地將牠放進我懷中，溫熱又毛茸茸的觸感就像真的小狗一樣。

「快點進來吧。」賀天尹說著，我便拖了鞋子跟著走進客廳。

感覺就好像是來到卡通裡一樣，格外有親切感。

「我是不是也該把我的小屋布置成喜歡的卡通人物的家？」我一邊摸著小白，一邊坐在暖桌旁邊。

「這可不便宜喔。」賀天尹提醒。

「我知道，我也只是說說。」果然不管在哪個世界，金錢都是必要的。

賀天尹將客廳的落地窗打開，窗外美麗的星辰看起來距離好近，旁邊還有漂亮的大月亮，這一切都如夢境般奇幻。

「好漂亮，美得好不眞實。」我驚呼著。

「事實上這些都是假的呀，但是現在，我要讓妳看看更夢幻，現實中不存在的美麗動物。」

他一邊說著，舉起食指往空中一畫，像是魔法般手指劃過的地方泛起銀光，接著慢慢落下了光粉，然後凝聚成一個巨大的物體，我有些驚訝地站起來看著眼前的奇景。

當光芒逐漸消失，一支漂亮的銀角率先出現，再來是如同玻璃般透澈卻又深邃的藍眼珠，渾身潔白卻在鬃毛的部分有著七彩的繽紛，駿美的牠擺動著尾巴，端正地站在我面前。

「我的天呀，是獨角獸！」我驚呼，將懷裡的小白放下，「這這這，我可以摸牠嗎？」

「可以呀。」賀天尹笑著。

我有些顫抖地伸出手，從手心傳來的溫熱，和皮毛有些粗糙的觸感都非常眞實，就像我以前摸過的馬匹一樣。

「你居然能做出這樣的……你這駭客的功力也太厲害了吧！」我忍不住大聲讚歎。

賀天尹很高興，他抱起在他腳邊打轉的小白。

「小白也是我做出來的喔。」

「我還以爲在自宇宙買的！」

「不，是我創作的，所以我沒辦法帶牠出去散步，怕被系統發現，這點對小白很抱歉。」他一個彈指，眼前的獨角獸開始發光，「再來是……」他又伸出手指畫了一圈，獨角獸的角消失，而背上長出了一雙翅膀，當翅膀揮動的時候揚起一陣溫柔的風，那潔白又帶著銀光的羽毛也隨之飛舞著。

「天馬！」

「神話故事中會有的對吧？爲什麼人類很喜歡在馬上面做文章呢？」

我興奮地摸著這些不可能會在現實世界中出現的動物，「也是有人魚、女妖或是有翅膀的鷹臉獅身，還有東方的龍與西方的天龍啊！」

「妳也想看嗎？」

我立刻阻止他，「雖然有點好奇，但是不用了！」

「是嗎？」他再一個彈指，天馬也消失了。「那妳還想看什麼呢？只要妳說得出來，我就能爲妳做到。」

我的心瞬間像是被人捏緊一般，他怎麼可以如此自然地說出這些讓人害羞的話呀。

「你不是要彈吉他給我聽嗎？」我趕快轉移話題，想讓自己的心跳可以平穩一些。

「啊，那我們先吃點東西吧。」他又像是變魔術般一個彈指，桌面上瞬間出現PIZZA和炸雞、可樂等食物。

「哇，這個好棒！」

「怎麼感覺妳看到食物比看到我所創造的珍奇異獸還要高興呢？」

「哈哈，這不一樣呀。因爲那些神話生物，我知道不存在於眞實之中，但是PIZZA在眞實世界就有，所以感覺不一樣啦！」

「喔，是這樣嗎？」

「是啦，絕對不是因爲我貪吃喔！」我對他比了個讚，「那賀天尹的演唱會要開始了嗎？」

「呃。」他有些害羞地抓了抓後腦，「現在想想，問妳要不要來我家聽我彈吉他，好像很怪。」

「你才知道啊。那你在現實中也會這樣邀請女生嗎？」我失笑。

「當然不會，妳是我第一個邀請的女生。」

聽他這麼說，我不禁微笑起來，而且有一種非常開心的虛榮感。

「不過，我是眞的會彈吉他。」賀天尹從道具欄裡叫出了一把木製吉他，看起來質感很好，輕刷過弦的聲音也很清澈。

我坐正了身體，小白也在我的腿上打盹。

「那就獻醜了。」他咳了一聲，手指滑過了弦。

他開口唱歌，雖然好像有歌詞，卻不是特定的語言，像是隨口哼唱一般。歌曲的旋律有些哀傷，賀天尹的聲音彷彿也像是在哭泣，但是到了後半段，旋律變得輕快，連刷吉他的手也加快，賀天尹的聲音也高昂了一些，像是在月光下跳舞一樣。

「哇！」結束後我用力拍手，還驚動了小白。

「有點害羞。」

「好厲害，很好聽耶，這是什麼歌呀？」

「這是我自己寫的歌。」

「你還會自己寫歌作曲？太厲害了吧！」我超級驚訝，「這首歌的內容是在講些什麼呢？」

「嗯……一年前我遇到了一個人，這首歌是爲他而創作的。」

「那個人現在還有聯絡嗎？」

「沒有了。爲什麼會這麼問？」

「因爲這首歌聽起來有點悲傷，所以我才想說，你們是不是已經沒有聯絡了。」我尷尬一笑。

「原來是這樣，原來這種感覺就是悲傷啊……」賀天尹喃喃著。

「對方是你的……情人嗎？」

「情人？不是，是一個對我很重要的人。」他扯了嘴角一下，放下吉他。

「你會彈吉他，會作曲唱歌，電腦也很厲害，你還有什麼不會的？」

「我不會的……很少喔。」他大笑起來，聽起來卻不是在臭屁。

我看著桌上的佳餚，開玩笑地問：「該不會連這些都是你自己做的吧？」

賀天尹卻點點頭，這才更令我驚訝。

「反正我在這裡也沒事做，所以都會精進自己的廚藝或是學習其他東西。」他聳肩，我注意到他家裡充滿了生活感，就好像他眞的住在這裡。

「但是你的現實生活不是過得挺忙的，怎麼會有時間做這些？」

「現實生活……」

我趕緊捂住嘴巴，不小心說溜嘴了。

算了，我根本不會說謊，況且要這樣試探一個人，讓我覺得好累。

「對不起，其實我去查過你的資料。」

「查過我？」

「因爲你的大頭貼照片是你穿高中制服的模樣，我有點好奇就去查了一下，順便也找到你的大學。我跟你說我們要去台中玩，也是爲了試探你，看你會不會說你的大學剛好就在台中。眞抱歉，你幫我這麼多，我還做這些事情。」

「沒關係。」賀天尹看起來一點也不覺得驚訝，而是笑了笑，「我本來放那張大頭貼也就是故意的。」

「故意的？」

「嗯，我想知道妳會不會好奇我的事情，因爲妳從來不過問我的隱私，我不確定妳有沒有想要讓我加入妳的現實生活。雖然說在自宇宙也已經很眞實，可是要不要讓一個陌生人加入自己的現實生活，是一種決定是否讓兩人關係更進一步的指標。」

賀天尹朝小白伸出手，小白汪了一聲跳進他的懷中，「所以我才故意拿高中時期的照片。說實在的，我也希望妳調查我。當我聽見妳說要來台中的時候，我還想著我該說嗎？會不會妳並不想跟眞實的我見面？」

「怎麼會呢？我們是朋友啊！」我認眞說著，「況且你幫了我這麼多，我一直都想當面好好的謝謝你。」

「那妳說要讓朋友跟我見面，應該不是要介紹朋友給我吧？」

「我是要介紹朋友給你認識啊。」

「我的意思是說，不是那種要把我們湊成一對的那種介紹吧？」

我瞪大眼睛，「不是！只是單純想要把我最好的朋友介紹給你認識。」說完後我大笑起來，「怎麼了，你有朋友會這麼做嗎？」

「高中的時候很常有人這樣做，好像每個異性跟我交朋友，都只是爲了要有更進一步的關係，我就是在那時候跟自宇宙相遇，在這裡是我僅存的寧靜空間，所以我喜歡待在這裡。」

「這大概就是受歡迎的人的苦惱。」

「我是很認眞地感到苦惱呢。」

「我也是很認眞地這麼說，不是調侃啊。」我扯了嘴角，「而且這種煩惱你也不能隨意說起，因爲別人一定會認爲你是在炫耀。但他們不知道的是，你爲了想保持友好的關係，無法太惡劣去對待每個人，但又得抓好距離以免被誤會，這其實很累人的。」

「我就知道妳會理解我。」賀天尹笑了，「上大學後，這樣的事情也沒有好轉，雖然學校生活很有趣，系上也有很多活動，但是動不動就有人跟我告白，我甚至不認識她們，或是和她們不熟，她們是喜歡我哪一點呢？當我拒絕以後，她們就和我變回了陌生人，那這樣子又是喜歡我什麼呢？單純當朋友不行嗎？一定得成爲男女朋友嗎？」

「因爲這樣，你才一直待在這裡嗎？」

「現實生活的人際關係有點累呢。」

「但你還是有好好在上課吧？畢竟現在大三了，學分要足夠才能準時畢業啊，也還有一些報告要準備吧？」

「有，我有在準備。我還是有去上課，只是維持最基本的學分。」賀天尹回應。

「那你在現實生活中，應該還是有和朋友往來吧？」

「哈哈，黎映，妳在擔心我嗎？」

「我怕你一直把自己關在自宇宙，會對現實生活造成影響。在現實中，你不喜歡的事情就不要做，不要怕得罪其他人。」

「但是她們來向我告白也是鼓足了勇氣，我如果太凶，會顯得很沒禮貌。但我厭倦了道歉與拒絕，也厭倦一直有人來告白，有些人甚至還會過度騷擾，讓我……」忽然賀天尹像是當機了一樣。

「賀天尹？」

「沒事，突然想起討厭的事情。」他苦笑了一下，然後看著我，「所以我想和妳當朋友，對我來說，妳很特別。」

「謝謝你，」我拿起桌上的可樂喝了一口，想化解我的害羞，「我也很高興可以認識你。」

「我最近一直在想，妳對我來說很特別，但這份特別是什麼？」

「是什麼呢？」

「妳和我從前認識的人都不一樣，妳是我第一個在這裡認識的人。我那天爲什麼會出手幫妳？我明明無視過很多被騷擾的女生，爲什麼只有妳不一樣？」

「爲什麼呢？」

他忽然又再次看向我，臉頰泛起紅暈，是我從未見過的表情，「雖然我們認識的時間不長，但是我……或許，能理解那些女生爲什麼會告白了，因爲這種事情沒有爲什麼，當你發現的時候，就已經開始了。」

我一驚，他這些話是什麼意思？

「可能對妳來說有點困難，但是希望妳從今以後也不要疏遠我，繼續和我當朋友。」

「我不會疏遠你的。」

「那就太好了。」

他朝我微笑，那泛紅的臉龐與溫柔的聲音，這緊張的氣氛感染了我，害得我也覺得口乾舌燥，臉頰發燙。

賀天尹說得很隱晦，但若是我的理解沒錯，他是不是……向我告白了？

我的天啊，爲什麼？

不，他不也說了嗎？告白這種事情沒有爲什麼。

我覺得心臟跳動得好快，怎麼會這麼緊張？

我偷偷瞄了一下賀天尹的側臉，我對他還不是很瞭解，但是我並不排斥他。

如果能和現實中的他見面，是不是我就能更清楚自己此刻的感覺了呢？

「那個，賀天尹。」我對他微微點頭，「抱歉，其實我和我朋友原本是想跟你說，我們要去台中玩，看你會不會主動說要跟我們見面。」

「咦？」

「如果你也可以出來和我們吃飯聊聊天，那就太好了。」我誠摯地說，而賀天尹似乎有些苦惱。「怎麼了嗎？這讓你很爲難嗎？」

「不會，我只是在想說，這個問題會讓妳那麼難開口嗎？」他笑出聲音，「難道妳覺得我不會願意跟妳見面嗎？」

「不是，我只是覺得自己先調查了你之後，還提出邀請，好像很沒禮貌。」我總不能說出謝如瑾的那些猜測吧。

「我很樂意當地陪，所以如果妳們要來的話，隨時告訴我。」我感覺鬆了一口氣，覺得自己好蠢，擔心好多。「妳有男朋友嗎？」忽然賀天尹開口。

「咦？」我楞了下，他都告白了才問我有沒有男朋友嗎？「沒有啊，我沒有男朋友。」

「是嗎？」

我這算是說謊嗎？不算吧。

我和蕭睿裴本來就是假交往，並不是眞的，所以我也沒必要對賀天尹提起有蕭睿裴這個假男友的存在吧。

「那你有女朋友嗎？」我也反問。

他立刻激動地搖頭，「怎麼可能！我有女朋友還跟妳講那些話，那我根本就不是人呀！」

面對他激動的反應，我先是一楞，然後才大笑起來。

「我也是開玩笑的啦，哈哈哈哈！」我笑得眼淚都要流出來了。

賀天尹紅著臉，看起來十分委屈，「沒想到黎映妳還有這一面呢。」

「失望嗎？」

「怎麼會呢。」他露出超可愛的微笑。「妳怎麼樣我都覺得很好。」

「喔……」可惡，他居然把害羞的情緒轉回到我身上，我試圖把這個情緒丟回給他，「不過你的確很受女生歡迎呀。」

「但我只想受一個人的歡迎。」他盯著我看。好吧，我放棄。

「但你好像把自宇宙當成眞正的家了，會不會因此忘記現實世界啦？」我開玩笑地調侃他，但賀天尹的眼神卻變得憂傷。

「啊，我是不是說了什麼不該說的話？」

「沒有，只是妳說對了。」賀天尹靠上椅背，「我有時候的確會忘記現實世界的模樣，反而覺得自宇宙裡的一切才是眞實的。」

「這樣不行呢，你可能要去找自宇宙戒斷門診幫忙喔。」我認眞地建議。

「哈哈哈，我想應該不需要吧。」

「需要呀，沒關係，等我們在現實世界見面後，我一定會帶你到處玩樂的。」我對他比了拇指，而賀天尹也笑著點頭。

「我很期待跟妳見面。」

我也是。

第八章

我把和賀天尹約好的事情告訴謝如瑾，她興奮地用力拍手，但很快又陷入沉思，「我還以爲他不會答應，所以他眞的沒問題？」

「妳到底是多希望他有問題！」

「不是啦，他沒問題當然很好。」謝如瑾一笑，「那這樣子我們得快點約好去台中的時間，還有找住宿的地方。」

「可以呀，快訂下來我也好跟賀天尹說。」

「要說什麼？」莫丞正神不知鬼不覺地出現，讓我差點叫出聲音。

「我們要去台中玩，要不要一起去？還有蕭睿裴？」

咦！

謝如瑾妳要約他們嗎？怎麼沒有先跟我商量！

「好啊，什麼時候，我們一定去。」想也知道莫丞正會答應！但是謝如瑾，妳應該先問過我啊，我沒有跟賀天尹說還有其他人會一起去耶。

「我和黎映討論好再跟你們說，等我訊息！」謝如瑾對莫丞正說，然後便和我一起往教室方向走去。

「謝如瑾！妳要約他們怎麼沒先跟我講啦！」

「啊？我以爲我們四個人已經是固定班底了……」謝如瑾雙手合十，「對不起，還是我去跟他取消？」

「當然，妳去……」突然我的手機傳來通知，我看了一下，蕭睿裴居然說他已經排開最近週末的時間，隨時都可以出發。看到這個通知我頭暈了，「算了，但是我得先跟賀天尹說，會多兩個男生一起去找他。」

「抱歉抱歉，我想說多一點人也好啊，而且總要有人開車吧？」謝如瑾俏皮地吐舌，我懷疑她根本就想要跟莫丞正出遊而已。

「那個，我有件事情還沒跟妳講。」

「什麼事？」

我看了一下時間，「不過快上課了，晚一點再說吧。」

「好吧，晚一點一定要跟我說喔。」

結果課堂結束後，莫丞正和蕭睿裴就跑來找我們，所以我也沒機會告訴謝如瑾這件事情了。

大家一起討論後，出遊的時間就訂在這個週末，而且很快速地連租車和旅館都訂好了，讓週末的出發勢在必行。

於是我今晚一定得要告訴賀天尹這件事情。

我再次登入自宇宙，不意外地賀天尹依舊在線上，我敲了他，他卻沒有馬上回應。眞是奇怪呢。我決定稍等他一下，還換了衣服。

過一會兒賀天尹回覆了。

「外面正在打雷下雨喔。」看著他的回覆內容，我驚訝地望向窗外。

自宇宙的天空還眞的烏雲密布，且雲層流動很快，看起來就像是颱颱風一樣，連雨勢都很大。

「怎麼會這樣，自宇宙也有壞天氣喔！」

「偶而會喔，妳登入的時候自宇宙應該有提醒今天是壞天氣模式。」

「我完全沒注意呢。」我思索著，週末出遊的事今天一定得和賀天尹說，但我又不想傳訊息告訴他，所以想了一下，我決定這麼問：「還是你願意來我家呢？」

這是除了謝如瑾以外，我第一次邀請其他人來我的小屋，而且還是男生，不知道爲什麼我覺得手心在冒汗，即便在自宇宙根本不可能手心冒汗。

「好。」賀天尹的回覆簡短得彷彿我都能感受到那份緊張。

嗯……忽然想到他跟我告白過呢。

我趕緊搖頭，現在不是想這種事的時候。

叮咚。

門口傳來門鈴聲，我馬上打開，只見賀天尹帶著笑容，手裡還提著一袋鹹酥雞。

「你跑去買的嗎？」我請他快點進來，他身上都淋濕了。

「是呀，想說反正都出門了，就順便去買囉。」他脫下防水外套掛在門口的衣架上。「雖然也可以傳送過來，或是我也能修改程式讓自己不會淋濕，不過我想這樣比較眞實，所以就……」他聳肩，然後把鹹酥雞交給我。

「太好了，我超級想吃的。」我興奮地說，接過鹹酥雞放到桌上，「這裡比起你家，簡陋很多齁。」

「小而溫馨也不錯啊。」他站在原地沒有移動，似乎在等我邀請。

「你放輕鬆當做自己家啦，快點過來。」我說完後，他僵硬的表情才稍稍和緩，露出微笑。

我打開冰箱，空空如也，眞是太窮酸了，馬上購買飲料傳送到冰箱，好在還有一些儲值金在裡面。

然後拿著飲料來到客廳，賀天尹已經將鹹酥雞的紙袋撕開，香氣四溢。

「來吧，我只能提供飲料了。」

「這樣就夠了。」賀天尹打開果汁，這時外頭忽然打了一計大雷，天空瞬間亮了起來又暗下。

「啊！」我嚇了一跳，從來沒聽過這麼誇張的雷聲，「自宇宙爲什麼要設定這樣的鬼天氣呀？這眞的不是系統壞了嗎？」

「偶而會有人想要體驗這種致災性的豪大雨呀，況且如果覺得有危險的話，可以馬上登出自宇宙，這樣就不會有問題了。」賀天尹說得稀鬆平常，我打開電視，發現居然是自宇宙新聞台。

「連自宇宙都有自己的新聞台啊。」

「是呀，不過是由系統設定的NPC播報的，畫面也都是來自自宇宙的監控系統。」

「監控系統？」我忽然想到一個有點可怕的事情，「表示自宇宙可以看到我們所有的事情對吧？」

「雖然對外都說不會窺探使用者在小屋中的一切活動，不過我進系統裡看過，小屋也是自宇宙設計的，他們當然有辦法看，只是要不要看而已。」賀天尹也沒有隱瞞，「也就是說，我們現在在這裡所發生的一切，自宇宙是有辦法知道的。」

「我想也是。」當我們使用網路時，一切就無所遁形了，無論在哪裡、做什麼事，都一定會被看到、聽到的。

不過這種事情，就變成大家心知肚明的祕密，只要自己的隱私沒有眞正被公開出來，那就算被不認識的人盯著看，也能催眠自己沒有這回事吧。

「但是如果妳想的話，我也可以把這裡隱蔽起來，或是呈現另一種畫面，就有點像是把監視器換成別的畫面一樣，讓自宇宙的工程師看不到。」

「你平常會這樣做嗎？」

「偶而囉。」賀天尹拿起一塊鹹酥雞吃。

「你到底是多厲害的角色呀？難道比自宇宙的工程師還要厲害嗎？」我忍不住笑道，但賀天尹只是聳聳肩，並沒有否認。

「妳今天是特地來自宇宙見我的嗎？」

「我每次上自宇宙幾乎都是來見你的呀，不然我很少會來呢。」我很自然地說出這句話，讓賀天尹開心地笑了。

「聽妳這麼說，我眞是太高興了。」

看見他如此開心的模樣，我頓時覺得有點害羞，但他的笑容也感染了我。一想到有人光是見到我就會這麼高興，也讓我心情飄飄然地。

「啊，對了，我之前不是說要找我朋友，就是謝如瑾一起在自宇宙吃飯嗎？後來不是也說我們要去台中，然後約你見面嗎？」

「嗯嗯，我已經找好台中的餐廳囉，妳們一定會喜歡。」

我尷尬一笑，接下來的話有點難說出口。

「那個，可能要加人了。」

「加人？」賀天尹微楞，然後露出恍然大悟的表情，可是他似乎在等我說。

「就是，我之前不是提過我們還有兩個男生朋友嗎？他們也會一起去，這樣子我們就會開車下去，到時候可以去接你。」我一邊說著，一邊覺得有些尷尬。

賀天尹默默地吃著鹹酥雞，像是在思考什麼。這樣短暫的沉默讓我非常不自在，不安地抓著自己的衣角。

說話呀，賀天尹。

「黎映，妳知道我喜歡妳吧？我上次應該有傳達到吧？」

「咦！」怎麼回事，怎麼忽然告白了！

不對，是這麼清楚的告白！

「嗯……我知道啊……」我咬著下唇，怎麼會這麼害羞！

「那，另外兩個男生，跟妳是普通朋友對吧？」

「喔，對啊，是朋友而已。」

他扯了一個微笑，好像不怎麼相信。

「是眞的啦，眞的只是朋友。其中有一個男生還要追謝如瑾呢。」

爲什麼我不老實跟他說蕭睿裴的事情？但是說了好像只是徒增煩惱與添亂罷了，我和蕭睿裴不過是假情侶，況且謝如瑾和莫丞正也知道這件事情。

賀天尹最後伸手揉了我的頭，「知道了，看妳這麼急於解釋的模樣，對我來說就夠了。」

我看著賀天尹，總覺得心臟有點痛痛的，好像被誰抓緊了一般。

「快點吃吧，會涼掉喔。」他比了比桌上的鹹酥雞，我點點頭，然後一邊把我們規劃去台中的時間告訴他。

「哇，這麼快呀，這個禮拜！」賀天尹的臉上有些淡然，好像在思考什麼事情，「那，在我們實際見面之前，可不可以在自宇宙也約會一下呢？」

「約會？」我驚訝道。

「嗯，約會。現在。」賀天尹說。

「可是現在外面下大雨呢，這個天氣……」我看了一下，外頭狂風暴雨，就連新聞台都播報許多人跑去外面體驗結果被風吹走，然後馬上登出自宇宙的畫面。

「我會有辦法的，妳忘了我是誰？」賀天尹一臉自信。

「難道你是要更改天氣？這樣子不會被工程師發現嗎？」我驚訝萬分。

「當然不是，那太招搖了。」賀天尹搖搖手指，「我可以讓我們不淋到雨，也不會被強風颳走。」

「可以做到嗎？」

「當然，現在很多人在自宇宙玩瘋了，登出登入得非常頻繁，工程師不會注意到這點小小的異常。」賀天尹很有自信，而我看著外頭的風雨，說實在的有些興趣，畢竟現實世界可不能眞的這樣外出呀，會有生命危險的。

「雨天約會別有一番風味，可以看見平時欣賞不到的景色。」他說，而我則點頭。

「那我們就走吧。」我也露出微笑。賀天尹很高興我會同意，也展露了如同孩童般的笑靨。

於是我們快速吃完鹹酥雞，然後準備出門。我以爲賀天尹還要登出自宇宙去修改什麼程式碼再進來，或是手會在空中比劃之類的，結果他只是站在門口發呆一下，然後就回頭跟我說他設定好了。

「這樣就好了？你在變魔術嗎？」

「的確很像變魔術喔。」他笑著朝我伸出手，「外面風雨大，我們得牽手才不會走散。」

這句話在去夜市時他也說過，不過他不是說我們不會被風雨影響嗎？

但我還是伸出了手，感受到賀天尹掌心的溫度。

「走吧。」我說著，才發現自己的聲音竟然有些顫抖。

一踏出家門，眼前的畫面馬上讓我大爲震驚，這根本就是災難電影的場面啊！天空有著黑色的巨大漩渦，像極了小時候看過的龍捲風電影，而陸續有很多人被捲上天，還可以聽到他們的尖叫或是歡笑聲，然後在捲上去不久後便登出。

「他們是把這個當做遊樂設施在玩吧？」我忍不住對賀天尹說。

「在自宇宙尋求刺激是一種很安全的體驗法。」他笑著，然後握緊了我的手，「我們快點離開這裡，畢竟站在狂風中沒有被捲上天很顯眼。」

我點點頭，和賀天尹牽著手趕緊離開這混亂的地方。

賀天尹帶著我來到海邊，海浪洶湧無比，揚起的浪花就像海嘯般幾乎可以吞噬掉我們，但海水對我們完全沒造成影響，我甚至看見七彩海豚以及藍色抹香鯨在驚濤駭浪中優遊。

「現實中的牠們根本不可能在這種天氣下出現啊！」我對著一旁的賀天尹大聲說著，雖然颶風海浪對我們不會造成影響，但風聲海浪聲雨聲還是很眞實，我不禁有點害怕地發抖起來。

「是嗎？」賀天尹笑著，然後握緊我的手，「妳會怕？」

「有一點，雖然知道是假的，也知道不會影響到我們，但……」我聳聳肩，我就連看網路平面的恐怖遊戲都會害怕了，何況是如此眞實的身歷其境呢？

「要不要去海底看看？」

「海底？」

「無論海面上波濤多洶湧，海面下都是一片平靜的喔。」賀天尹說完，就牽著我往海面上的棧道走。

「等等，我怕會窒息，我不太會游泳！」我趕緊抗拒，但賀天尹大笑起來。

「我是誰？我會讓妳能在海裡呼吸，也能保證妳的安全。」他用兩隻手拉住我，然後整個人就往後仰，倒向海中。

「啊！」我大叫，就這樣被他拉了下去。

海水灌進我的鼻腔，身體被水包圍的黏膩與沉重襲來，頓時不安全與恐懼感攀升至高峰，我甚至有種快死掉的感覺，差點就要登出。

賀天尹卻拍拍我的臉頰，似乎要我張開眼睛，我抗拒地用力搖頭，我快要嚇死了，我感覺身體一直在往下沉，我會死，我要登出，抱歉！我沒辦……

明明是在冰冷的海中，我卻感受到被一絲溫暖給包覆。那就是賀天尹。

他抱住了我，頓時我睜開眼睛，才發現眼前清澈無比，跟我想像中在水中睜眼的感覺完全不同。他輕拍我的背，確認我已經冷靜下來後，才輕輕鬆開環抱我的雙手。

他用嘴型告訴我，呼吸。

下意識我並不敢，因爲違反了我的認知與習慣，可是賀天尹卻張大嘴，像是在喝水一樣，接著又吐氣，許多泡泡從他的口中吐出。

「呼吸。」他又這麼說，明明是在海裡，我卻像是聽得見他的聲音一樣。

於是我偷偷地，吸了一下鼻子，卻不如我預期地會被嗆到，而是暢通的呼吸。

賀天尹笑了，他的頭髮隨著海水飄動，看起來非常漂亮。這時候我才發現，明明我們在海裡，爲什麼我會看得清楚他呢？

「哇！」我忍不住讚歎，海底居然發著微弱卻又明亮的光。

「很漂亮吧？」

「對……咦？我們能在海裡說話？這也是你做的嗎？」

「算是吧。不過其實自宇宙並不是真實世界，所以任何事情在這裡都是可以辦到的，只是大家總是被現實給禁錮了想像力。」賀天尹說著，然後拉著我的手往前游，「趁這個機會，看看海底世界吧！雖然也都是設計出來的物種就是了。」

我被他領著往前方游去，沿途看見了七彩烏龜，還與成千上萬成群結隊的小魚擦肩游過，又瞧見一整片銀白色的珊瑚礁，就像是海底的雪景一般，四周許多色彩繽紛的魚交錯游著。

賀天尹點了一下我的肩膀，我回過頭，看見比我身體大上好幾百倍的鯨魚正從後方徜徉而過。

「好漂亮……」我不禁被眼前的景象給震撼，甚至感動得幾乎要流下眼淚。

賀天尹看著我的臉，露出十分滿足的微笑。

「這樣子，我在妳心理有沒有加分呢？」

「咦？」我紅起臉，在這種美景之下，聽到他說出這些話，還真會讓人小鹿亂撞。

「我既希望妳喜歡我，卻也不希望妳喜歡我……」他小聲地說。

「什麼？」

「沒什麼。」他搖頭，然後看了一下自己的手錶，「工程師好像發現異常了，我們快回去吧。」

「好。」我點點頭，跟著他往海面上游去，一探出水面，他便要我先行登出。

爲了預防被自宇宙的工程師找麻煩，所以我果斷地登出自宇宙，之後也和賀天尹傳訊息確認一切平安。

那天一直到睡前，我只要閉上眼睛，都會想起海底的絢爛模樣。

只是和現實不一樣的是，夢裡的賀天尹撫著我的臉頰，逐漸朝我靠近，而我閉上了眼睛。

但是再次睜眼時，已經天亮了。

我對自己做的這個夢感到無比害羞，且心跳加速。

我這是喜歡賀天尹嗎？還是只是犯花痴？

可是當我想多回味那個夢時，想起的卻是賀天尹所說的那句，希望我喜歡他，卻也希望我不要喜歡他。

★

我一走出教室，就看見蕭睿裴站在走廊上等我。

「你怎麼在這裡？還沒到午餐時間呢。」我看著他不太好的臉色。

「妳昨天有上自宇宙？」蕭睿裴劈頭就問。

「有啊，怎麼了？」

他有些驚訝，然後嘆氣。

「昨天莫丞正上自宇宙打卡，結果剛好看到新聞畫面中，妳和一個男生牽著手，走在風雨中。」他表情很難看，「那個男生是誰？」

「他是我在自宇宙認識的朋友。」沒想到會被拍到，我有些驚訝。

「妳爲什麼跟他牽手？」他雖然有些咄咄逼人，但是聲音很低，也很注意有沒有人在聽我們說話。

「因爲我們要去體驗風雨，怕被吹走……我爲什麼要跟你解釋這些？」

「……」蕭睿裴似乎有些訝異，然後態度轉爲溫和，「是啊，我爲什麼……」

「蕭睿裴，你還好嗎？」

「抱歉，我們明明就不是那種關係，是我搞混了，還用這種興師問罪的態度，眞是丟臉……」

「沒事，我也太不小心了，不知道會被新聞台拍到。要是被其他人看到的話，我們還對外宣稱是男女朋友，這樣子對你很不好。」我反省著，和賀天尹在自宇宙遛達這麼久，還是第一次被人看到，但還好是莫丞正。

「這次台中要去見的就是他嗎？」

「啊，對，其實他就是那個駭客。」

「原來就是他……我懂了，難怪他這麼幫妳。」

「你不要誤會，我們也沒什麼關係，但……」我扯了嘴角，感覺要和蕭睿裴說這些好奇怪。

「沒關係，不用明說，我懂。」他看了一下手錶，「好了，我要去上課了，妳也快準備去下一堂課的教室吧。」

我點點頭，蕭睿裴伸手揉了一下我的頭頂後就離開了。

好在這件事情並沒有其他人發現，但從那日後蕭睿裴的態度變得有些奇怪。

很快就到了我們週末出遊的日子，我和謝如瑾先約了見面吃早餐，我才將這件事情告訴她。

「什麼！他、他跟妳告白！」她的蛋餅才剛放進嘴裡，就含糊不清地大叫著。

「妳小聲一點啦。」我趕緊抽了幾張衛生紙給她。

「這什麼時候的事情了，妳怎麼現在才告訴我？」

「沒幾天啦。因爲這種事情我想要當面跟妳說，但莫丞正和蕭睿裴又一直在我們附近打轉，所以到今天才有機會說。」

「但是妳也要給我一點時間緩衝啊！等等到台中就要見到他本尊了，我要拿什麼臉面對他，如果我不小心露出看好戲的模樣該怎麼辦！」

「那妳就克制自己不要露出那種表情啊！」

「好難好難，而且妳心臟還眞大顆，讓兩個都喜歡妳的男生碰面，這樣子不怕修羅場嗎？」

我皺眉，「妳在講什麼，什麼兩個喜歡我的男生？」

「蕭睿裴和賀天尹啊！」

我哈了一聲，「蕭睿裴是假男友耶。」

「假男友這件事情妳有跟賀天尹說嗎？」

我心一抽，「當然沒有，反正是假的，而且妳和莫丞正不是都知道嗎？那就沒必要講了，今天我們也只是普通朋友出去玩。」

「喔，也是……可是妳認爲是假的，蕭睿裴可不一定這樣想呀。」

「我聽不懂妳在講什麼。」

「好吧，我沒想到妳會這麼遲鈍，不過蕭睿裴可能自己也都還沒意識到。」謝如瑾又塞了兩口蛋餅。

「從剛剛開始妳都在講什麼啊？」

「我是說，蕭睿裴喜歡妳！」她嘆了一口氣，「妳沒注意到，他也沒意識到，但蕭睿裴看著妳的眼神，根本就是在看喜歡的人啊！」

「怎麼可能！」蕭睿裴前陣子都還跟我提到前女友的事情耶！

「哎呀，妳很遲鈍啦，所以妳沒發現也是正常的，但我可以跟妳賭兩千萬，蕭睿裴絕對是喜歡妳的。」

「兩千萬這種數字就算賭贏了也拿不出來，聽起來很沒誠意。」

「才不是呢，這樣是代表我有絕對的把握好嗎！」

「拜託，妳連莫丞正喜歡妳都看不出來，還好意思說我遲鈍，妳才遲鈍。」

「啊？」謝如瑾的筷子掉到桌面，我才發現自己居然又說溜嘴，趕緊摀住嘴巴。

「妳當做沒聽到！」我立刻說，然後低頭猛吃自己的蘿蔔糕。

「黎、映！」謝如瑾握緊拳頭，「妳爲什麼都要挑今天告訴我這些重大事情啦！我等等到底要用什麼臉見他們！」

「但是妳也不是遲鈍到沒發現吧？」

「可是，親耳被朋友證實還是不一樣啊！」謝如瑾說歸說，但她看起來很高興，不過爲免尷尬，吃完早餐來到集合地點，她還是戴上了口罩。

「妳不舒服嗎？」莫丞正見狀上前關心地詢問。

「沒有！」謝如瑾因爲過於害羞而語氣有些惡劣地回應。

哎呀呀，看看莫丞正那沮喪的模樣，謝如瑾眞是太過分了。

「發生什麼事情了嗎？」蕭睿裴一邊幫我把行李放進後車廂，一邊低聲詢問。

「喔，我不小心說溜嘴，把莫丞正喜歡她的事說出來。」

「什麼！」蕭睿裴驚訝，「妳眞是……這樣旅行會不會很尷尬？」

「應該不會啦。」其實我也不知道。

不過我看蕭睿裴也不覺得尷尬啊，因爲我認爲謝如瑾肯定搞錯了。

大家都上車後，我們兩個女生坐在後座，莫丞正負責開車，還一直從後照鏡偷看謝如瑾，讓我忍不住想出聲要他專心看路。

我傳了訊息給賀天尹，告訴他我們出門了，但老是掛在線上的他這次卻沒有已讀。

反正我們和他約在餐廳見面，所以賀天尹大概還在睡覺，我相信他會記得的，也就沒有多心。

就這樣車子一路南下，交通順暢，謝如瑾也逐漸從尷尬的情緒中緩和過來，恢復正常，開始和大家說話，莫丞正也因此心情變好了。

不過當我們即將抵達台中，我發現賀天尹還是未讀訊息，這讓我有些緊張了。

「他會不會臨時爽約？」謝如瑾皺眉。

「應該不會吧，他感覺也很期待見面啊。」我咬唇。

可是，就在我們下交流道，快要到餐廳的時候，賀天尹打了電話過來。

「喂？黎映，抱歉，我可能、咳咳，沒辦法過去，我好像得了流感，咳咳咳！」他的聲音聽起來很糟糕，極度沙啞又狂咳嗽。

「沒關係沒關係，那你好好休息，我們下次再約。」

謝如瑾狐疑地看著我，連蕭睿裴也從後照鏡好奇地看過來，我對他們兩個搖頭。

「對不起，我很期待這次見面……咳咳，但是流感怕傳染給你們……咳咳！」

「我知道，你好好休息，我們之後在自宇宙見就好。」我說著，在賀天尹再三道歉後結束了通話。

「他爽約了？」謝如瑾一臉不意外。

「他生病了，流感。」

「這麼巧？」

「他的聲音不像是裝的，哎呀，妳幹麼一直覺得賀天尹很奇怪，照片和影片不是都看過了嗎？」

「是沒錯啦，但畢竟是網路上認識的，還是覺得很不妥。」

「是原本今天要見面的網友嗎？」蕭睿裴問。

「是呀，但他生病了，所以沒辦法過來。」

「那也沒辦法，身體要緊。」莫丞正貼心地說。

於是這件事情就討論到此，我們還是如期來到餐廳，因爲是賀天尹幫忙訂位的，所以我報上賀天尹的名字，並告知店家少一人用餐，但當店家領我們到位置時，才發現賀天尹居然訂了包廂。

「請問包廂有沒有低消？」謝如瑾在一旁小聲地問。

「啊，你們盡量點，訂位的賀先生已經把款項結清了。」

這句話讓我們所有人都楞住，「結清，什麼意思？他又不知道我們會點些什麼！」

「他給了一筆錢，到時候我會找錢給你們，你們再還給他吧。」

我們幾個面面相覷，賀天尹怎麼這樣子花錢啊！

我馬上打電話給他，但他沒有接，應該是在休息吧。

「妳那個朋友是有錢人嗎？」莫丞正看了一下菜單，發現價位並不便宜。

「似乎是，而且他花錢沒什麼概念。」我頭好痛，雖然原本想說我們要自己付錢，到時候再把賀天尹的錢還給他，但這餐廳的價位實在不是我們負擔得起的，況且已經入座，也不好意思離開，整個騎虎南下。

「就讓他盡地主之誼吧。」我這麼對大家說，便開始點菜。

期間我當然傳了訊息給賀天尹，要他以後別再這麼做，但同時也謝謝他。

這裡的菜餚真的很好吃，從來都沒想過自己有機會吃到這些精緻美食。

謝如瑾一邊吃一邊看手機，莫丞正則是很自然地幫她夾菜，我和蕭睿裴對看一眼後偷笑，蕭睿裴也有樣學樣地幫我夾菜。

吃飽後，我們結算了一下，金額有些驚人，更驚人的是老闆還退了好幾千元給我們。賀天尹到底是多有錢呀。

然後我馬上把找的錢線上轉給賀天尹，還拍下我們的帳單明細。

「那我們準備去第一個景點吧，逛完後再去飯店check in。」蕭睿裴興致勃勃，和莫丞正一起往前走去。

而謝如瑾緊皺眉頭看著手機，我勾著她的手，「妳在忙什麼，吃飯也不認眞吃，一直在滑手機。」

「喔，沒什麼啦。」謝如瑾聳肩，把手機放回口袋，「只是在確認一些事情。」

「什麼事情？」

「我還在確認。」

她又在搞神祕，所以我也沒過問。我們前往第一個景點是個古宅，這裡以前是富貴人家住的地方，但是現在已經開放給大家參觀。這屋子大得不像話，裡面也像迷宮一樣，每個房間都有兩個門，走出另一個房門又會通往其他地方。而在廚房後面還有口井，看上去復古味十足。我們四個最後在正廳前的廣場合拍了一張照片。

「黎映，我們也來自拍一張，要上傳到網路。」蕭睿裴提議，我點頭同意了。

他上傳的那張合照獲得了好幾千個讚，下方更有許多留言說羨慕我們的感情之類的，看了還眞是奇怪。

「瞧，才沒幾分鐘就這麼多個讚。」蕭睿裴看著我們的合照，臉上露出微笑。

「因爲很多讚的關係，所以讓你很開心嗎？」

「不是，我只是覺得我們這張合照很好看。」蕭睿裴將手機螢幕對著我，「是不是，光線、天氣都很好，讓我們拍起來特別好看。」

我看了一下，頓時覺得這張僞情侶照很是彆扭。

「天氣好光線就會好啦。」我忽然有點慶幸賀天尹沒來，要是他在的話，看到我們這樣子拍照，他會怎麼想呢？

結束這個景點後，我們到飯店辦理入住，並決定休息一下，逛逛飯店的設施後，晚上再出門去逛夜市。

我因爲滿身是汗決定先洗個澡，謝如瑾則躺在床上滑手機。

等到我洗好澡吹完頭髮出來，發現謝如瑾居然站在浴室門口等我。

「妳想嚇死我喔。」

「我覺得賀天尹眞的怪怪的。」

「妳還在講這個？他都答應要和我們見面了。」我略過她，拿出乳液坐在床上，開始塗抹身體。

「但是他今天爽約啦。」謝如瑾則坐在她的床邊。

「因爲他得流感，這也沒辦法啊。我不是說了，他那個聲音不是裝的。」

「我今天花了一點時間看了一下他的照片。」謝如瑾把手機遞給我。

「妳一直滑手機就是在忙這個？」

「我找不到賀天尹的個人社群，然後我也去看了原中大學校方的活動照片，有賀天尹出現的影片與照片，幾乎都是大二上學期以前。我們現在不是大三了嗎？他從去年初開始到現在，都沒有任何照片出現在系所上！」

我塗乳液的手停頓了一下，然後又繼續動作，「可能他變成拍照的人啊。」

「黎映，妳仔細想想，他老是掛在自宇宙上，然後約了在現實見面又搞消失，這很詭異好嗎！」

「妳不要亂講，他幹麼要騙我？」

「我不知道啊，我只是要告訴妳，我覺得他很奇怪！」

「妳就是沒有見過他本人，所以才會覺得他很奇怪，他也說了可以在自宇宙跟妳見面啊。」

「自宇宙的他也不是本人啊，黎映！自宇宙也是網路，那不是眞實的。」

「那妳覺得他如果沒有在照片裡出現很可疑的話，妳認爲是什麼情況？」

「他可能發生了車禍，或是生病，變成行動不方便的人，甚至可能是植物人，但他還是能進入自宇宙，在那裡自由活動。」

我的心一緊，想起賀天尹那充滿生活感的家，大多數的人就算布置自宇宙的家，也不會眞實到像是在那裡生活的痕跡。

但是賀天尹的家中，地毯有些汙漬，廚房甚至有洗好的碗筷，連電視櫃下方也放了遊戲機。

「就算他眞的是那樣……那又如何呢？我和他還是朋友啊。」

「如果只是朋友，那就沒關係，但賀天尹跟妳告白了。」

「那、那又怎樣？」

「黎映啊，我不想要妳再談一場辛苦的戀愛呀。」

「我又沒有喜歡他，我只是當他的朋友……」

「別傻了，我是妳最要好的朋友，我會不知道妳喜歡一個人的模樣嗎？」

「什、什麼？」

謝如瑾爬到我床上，雙手抓住我的肩膀，「妳對賀天尹有著強烈的好感，我看得出來，但我怕妳受傷。」

「我有嗎？」

「妳沒有嗎？蕭睿裴和賀天尹，妳最常主動聯絡誰？」

「……」

謝如瑾鬆開抓著我肩膀的手後嘆氣，「我希望妳可以幸福，我當然很感謝賀天尹幫妳做的一切，但如果他並不是一個……活動自如的人，我也不希望他耽誤妳。」

「那不然，我們確認一下吧？」我提議。

「妳會想要確認，就是因爲妳知道自己也對他有好感吧？」

「或許吧。」我承認自己對賀天尹有些微好感，可是我又想著，如果賀天尹眞的如謝如瑾所說，臥病在床呢？那我就馬上不喜歡他了嗎？或是馬上就離開他不再聯絡？

他在自宇宙裡是這麼正常，難道我不能在自宇宙與他往來就好嗎？可是，那裡並不是眞實的世界，如果我要跟他長久下去，最終還是得回到現實世界不是嗎？

「我要打電話到原中大學詢問。」

「今天是假日，沒有人上班。」

「會有AI接電話，我在原中大學的官網有看見相關說明，他們引進AI系統，所以一切都能查找。」謝如瑾已經拿起手機要撥電話。

「可是AI也不可能告訴妳學生的隱私啊。」

「我會有辦法的。」謝如瑾按下擴音，AI的聲音從電話那頭傳來。

「原中大學您好，請問您需要什麼服務？」

「我想找尋大三休閒觀光系的活動策劃學生。」

「請問您的目的是？」

「我是臺北建一大學同爲休閒觀光系的大三學生，想與你們學校大三的學生交流，所以想問問看是不是能與負責人聯絡上。」

「好的，請您留下聯絡方式，我會將您的資訊轉給他，請他聯絡您。」

於是謝如瑾留下了她的名字與電話。不得不說AI非常聰明，既不透露個資，又能夠達到我們要的目的。

「那我們就等通知吧。」

「嗯。」

到了約定時間，我們便與其他兩人在大廳見面，並且前往夜市。

這期間，賀天尹都沒有敲我，也沒有已讀我的訊息。

出門在外，也沒辦法使用自宇宙的裝置，所以我和賀天尹現在處於斷聯的狀態。明明我和他離得比任何時候都還要近，卻反而見不到彼此。

「怎麼回事？妳們兩個都怪怪的。」蕭睿裴注意到我們的怪異，在和我一起買飲料時開口問。

「嗯……」我不知道這些事情可不可以跟他講，但或許我想要有個人安慰我，告訴我是我們想太多了。

所以我還是告訴他，但是省略了我對賀天尹的好感。

「我覺得謝如瑾的擔心很有道理，不過妳說的也沒錯，就算他身體不方便又怎麼樣，你們也還是朋友啊。」蕭睿裴從店員手中接過飲料，並且插好吸管後遞給我。

「是吧？謝如瑾是不是太緊張了？」

「自宇宙的發明本來就是要讓人們更無障礙地交流，所以她也不需要擔心太多，又不是說妳喜歡他……」蕭睿裴突如其來的話語，讓我一時間無法反應，表情就這麼僵住了，這讓蕭睿裴也楞了下，「眞的？」

「我沒有……」我紅起臉，似乎越描越黑。

「妳喜歡他？」蕭睿裴變得嚴肅。

「我也不知道，但是……對他有好感。」

蕭睿裴沉默下來，表情也隨之變得凝重。

「黎映！」忽然謝如瑾一臉慌亂地跑了過來，莫丞正也跟在她身後，她喘著氣看起來很驚慌，手裡還拿著通話中的手機。

「我接到電話了！賀天尹的確是原中的學生，但是……」她嚥了口水，「他一年多前出了嚴重的車禍，後來退學了。」

第九章

「沒想到你們這麼多人來，想必那個什麼要交流是騙人的吧？」一個卷髮的男生坐在我們對面，他是賀天尹班上的公關，因爲事態緊急，所以我們把他約了出來。

「對不起，但是我們眞的很需要知道事情的經過。」謝如瑾道歉，「你想吃什麼盡量點，我們會請客。」

「喔，沒關係啦，這點小事情，反正我也住在附近而已。」他喝了一口飲料。

我們約在一間咖啡廳碰面，莫丞正雖然搞不清楚狀況，但也跟來了。而蕭睿裴一臉凝重，畢竟他才剛從我口中知道這件事情。

「你說，賀天尹出了嚴重的車禍，是眞的嗎？」我顫抖地問。

「是啊，大概升上大二沒多久，他在我們學校前面那條路上發生車禍，狀況很不樂觀，這件事情還有登上新聞。」他找出那則新聞給我們看，只見現場零件散落一地，甚至還有馬賽克，看起來非常糟糕，標題也寫著十九歲的賀姓學生。

「那後來怎麼樣了？」我臉色發白，沒想到事情被謝如瑾說中了。

但是，我並沒有覺得生氣，也沒有認爲自己被賀天尹欺騙。

因爲這種事情怎麼說得出口？

我只是難過自己讓他持續說謊。

「他因爲狀況很不好，後來聽說全身癱瘓，然後就退學了。」他皺了眉頭，「我們一開始去看過他幾次，但是因爲他都在加護病房，所以也不能進去。後來聽說他家人把他接回家照顧，我們想去探望都被拒絕了，日子一久，大家也就沒有再提起了。」他看著我，「妳是說……妳在自宇宙遇見他嗎？」

我有些虛弱地點頭，而他一臉驚奇。

「沒想到他會在自宇宙裡生活。如果妳下次見到他，可以跟他說我們很想他嗎？希望他也可以將我們這些朋友加入好友，至少在自宇宙大家還能聚在一起。」

「我會轉告他的。」

「對了，有什麼方法可以聯絡到他的家人嗎？」蕭睿裴忽然問。

「啊，有是有，但是爲什麼要……？」

「我想，妳也許會想要親自見見他吧？」蕭睿裴看著我，而我點點頭，眼淚不自覺地滑落。

「好，那我把聯絡方式給你們。」眼前的男生看到我的眼淚後，有些不知所措，馬上把賀天尹家人的聯絡方式寫給我們，然後就離開了。

「雖然這樣說不太好，但他們在現實中都已經遺忘賀天尹了，難怪賀天尹在自宇宙也不會想跟他們往來。」莫丞正在一旁聽的時候理解了個大概，最後下了中肯的結論。

「那我們要現在就打電話給他的家人嗎？」謝如瑾問。

「現在才快八點，時間還早，我們都來這裡了，當然現在打。」蕭睿裴十分積極。

「那……我來打嗎？還是黎映妳可以？」謝如瑾問。

「我來打吧。」我說著，畢竟眞正和賀天尹見面的是我。

紙條上的聯絡資料應該是賀天尹媽媽的電話，我撥了號碼後顫抖地等待對方接聽。

「要是允許我們探望的話，我們明天一早就馬上開車下去屏東。」蕭睿裴說。

「不用，你們不用這樣陪我。」

「沒關係，我們都願意陪妳。」莫丞正也跟著附和，這讓謝如瑾十分感動。

「喂？」

電話接起，這瞬間我的腦待一片空白。

「喂？請問哪位？」

「啊，不好意思。」謝如瑾立刻從我手中接過電話，「請問您是賀天尹的媽媽嗎？」

「請問妳是哪位？」

謝如瑾看了我，「妳要自己說，還是我來說？」

「我來說。」我拿回手機，然後深吸一口氣，「您好，我是賀天尹的朋友，可是，我是他在自宇宙的朋友。」

「自宇宙！我的天啊……」他媽媽倒抽了一口氣，接著是一個沉重的碰撞聲。

「喂？」我疑惑著，電話那頭傳來紛亂的腳步聲。

「喂？請問哪位？」這次接電話的換成一個年輕男人。

「啊，請問賀媽媽還好嗎？她怎麼了？」我緊張地問。

「她……」

「天宇啊！她說她在自宇宙跟天尹見面了……」賀媽媽的聲音從電話裡傳來。

「什麼？」

不知道爲什麼，自稱是賀天尹的哥哥，賀天宇說要馬上過來找我們，我原本說明天我們下去就可以，他哥哥卻堅持到台中來見我們。

於是我們跟他說了飯店地址，然後在夜市買好晚餐後，大家一起回飯店房間吃。

可是我感覺胃糾在一起，沒有食欲，內心一直想著賀天尹的事情。

其他人也感覺到我的低氣壓，所以沒有刻意提到這件事情，大家幾乎是故左右而言他地吃完了這頓飯。

賀天宇搭乘高鐵來到台中的時候大概是十點多，我們約在飯店的交誼廳見面。

我一看見他，便知道他就是賀天宇，因爲和賀天尹長得太像了。

「妳就是黎映嗎？」他的面容很是焦慮，眼眶也帶著淚水，「對不起……」

我們對於他率先就道歉這件事情感到疑惑。

「賀哥哥，先請坐下吧。」蕭睿裴招呼著，我們幾個人也落座。

賀天宇整理了一下情緒，然後才問我：「天尹在自宇宙過得好嗎？」

「嗯，他很好，而且很有錢。」

「哈哈，我們存了不少錢給他，希望他在那裡可以快快樂樂生活。」他也失笑。

「賀哥哥你們家人沒有上自宇宙去看過他嗎？」謝如瑾問。

「沒有，因爲我們不能靠近他，這些系統都有規範。」賀天宇嘆氣，「沒辦法，這是我們當初簽訂的合約，雖然當時只是測試階段，這也不算是祕密，但並沒有眞正公告推行。有一天正式推行後，還是限制了所有親朋好友不得與他接觸。」

我們幾個面面相覷，怎麼有點聽不懂他在說什麼。

「賀天尹在那裡感覺很寂寞，他都沒什麼朋友，而且總是掛在線上，不過他把家裡布置得很漂亮，還養了一隻叫做小白的狗。」我接著說。

「狗？奇怪了，他對狗過敏啊，難道到了自宇宙就沒有這樣的問題？」

「一般來說自己對什麼東西過敏的話，在自宇宙也一樣。」莫丞正補充，「像我對花生過敏，所以在自宇宙也不能吃花生。」

「你對花生過敏？」謝如瑾有些驚訝。

「對啊。」

「我很喜歡吃花生的說。」

「啊，我、我沒有很嚴重啦，就是會需要快點吃藥而已。」

「這樣還不嚴重啊？」謝如瑾皺眉。

「咳。」蕭睿裴咳了一聲，把大家的注意力拉回來。

「那還眞奇怪。」賀天宇想不透，「除此之外呢？」

「他很溫柔，而且總是會傾聽我的煩惱，甚至幫我解決很多事……」講到這裡我停頓了一下，賀天尹不是觀光休閒系的嗎，怎麼這麼會使用電腦呢？

他是駭客這件事情我可以問賀天宇嗎？應該不行吧，畢竟莫丞正也在場。

「他……電腦也很厲害。」

「咦？他是3C白痴呢。」賀天宇又疑惑了，「他高中第一次踏進自宇宙的時候，還是我幫他設定的，他連自宇宙都不太會使用。」

「是這樣嗎？但是他跟我說他很喜歡自宇宙，他高中時在自宇宙找到了平靜。」

「哈哈，是這樣沒錯，因爲他太受歡迎了，在自宇宙裡他不用在意別人的眼光，也不用和朋友約見面，他說過在那裡很自由。」賀天宇說完後嘆了口氣，「所以我們才會決定把他送去自宇宙。」

送去？什麼意思？

「那個，賀哥哥，這樣問很不好意思，但是……她能夠見見賀天尹本人嗎？」謝如瑾開口，手指了指我，「她和賀天尹在自宇宙裡是很好的朋友，她卻不知道賀天尹發生了車禍，我們今天原本還約他見面，結果害賀天尹還說謊，說他得了流感不能來……」

「啊？」賀天宇楞住，有些不可置信地看著我，「妳不知道他發生車禍以後……」

「我們也是從他同學那裡知道，他車禍後就不良於行，被接回屏東的家。但我眞的很想親自見見他，跟他說話。」還有，我想聽他親口說喜歡我。

也許這樣有點傻，但，我也想告訴他我喜歡他。

賀天宇卻捂住了嘴，瞪大雙眼。

「怎麼了嗎？」我疑惑地問。

賀天宇緩緩搖頭，眼裡是不可思議的驚恐。

「天尹……因爲、因爲很不樂觀，所以我們帶回屏東的家……拔管……」他哭了出來，這瞬間，我像是被什麼東西猛烈撞擊一般，心臟一陣劇痛，身體也顫抖著。

「什、什麼？」謝如瑾以爲聽錯了，「你是說，賀天尹他……」

「拔管的意思是……」蕭睿裴也睁大眼睛。

賀天宇的眼神對上我的，「他已經過世了。」

宛如五雷轟頂，我站起來後直搖頭。

「不可能啊，他在自宇宙跟我聊天、說話，他怎麼會……」

「我們決定要帶他回屏東拔管的時候，政府正好在推動可以將亡者的意識上傳到自宇宙，讓他在那裡彷彿還活著一樣。所以當醫院告訴我們有這項計畫，問我們有沒有意願參加時，我們都同意了，但條件是我們這些親朋好友不能與他在自宇宙相遇，所以當天尹的意識被上傳到自宇宙時，連帶他成長過程認識的人，以及透過他的網路使用紀錄去交叉比對他可能認識的對象等，都會一併限制，所以能在自宇宙遇見天尹的人，一定是他生前完全不認識的人。」

「我記得政府曾經有推過這樣的法案，但是後來被人權團體抗議，說這樣模糊了生者與死者的界線。」莫丞正在一旁補充。

「其實我們也猶豫過，但天尹還那麼年輕，他的人生都還沒有開始，所以我們想，至少要讓他在另一個地方好好活下去才行……」賀天宇扶著額頭，「沒想到有一天，真的有人會遇見天尹，甚至找到了我們……但是你們卻不知道天尹死了……對不起，讓你們傷心了。」

我說不出話來，眼淚早已潰堤。

謝如瑾抱住我的肩膀，她的聲音也哽咽了，「所以賀天尹他也不知道自己過世了嗎？」

「不知道，系統設定當他想起現實世界的事情時，會模糊掉那段過程，也就是他會知道有一個不同於自宇宙的現實世界，但他對現實世界的記憶就停在他過世前了。他可能每天都是同一天，也沒有時間流逝的感覺，他雖然在自宇宙生活著，但他的時間已經不會繼續往前走了。」

咦？

我抬起頭看著賀天宇，「你是說，他永遠會以爲自己還是大二？」

「當初相關單位的人是這樣跟我們說的，因爲他意識上傳了，但是他也無法成長了，所以他會永遠停留在那個時間。」賀天宇再次哽咽，「但即便如此，每一天對他來說也都是新的一天，他只要能在那裡好好生活著，對我們家人來說就是最大的安慰了。雖然，這也可能是一種自我欺騙罷了……」

我們都想不到，這場台中行原本是想與賀天尹見面的，卻意外發現了驚人的事實。

我覺得這一切都像是假的，因爲在自宇宙的賀天尹是這麼眞實。

在與賀天宇道別的時候，我開口問了最後一個問題，「賀哥哥，請問一下，賀天尹會彈吉他嗎？」

「不會，他連唱歌都很難聽。」

「是嗎？」

我扯了嘴角，與賀天宇說再見。

那一天夜裡，我躺在床上輾轉難眠，甚至躲在棉被裡默默流淚。

一整夜我幾乎都沒睡，直到隔天一早六點，我去洗了個澡，從鏡子裡看見自己的黑眼圈實在很嚴重，面容也很憔悴。

當我走出浴室，謝如瑾居然又站在門口等我。

「妳是要嚇我幾次？」

她哭喪著臉，然後忽然上前抱住我。

她什麼話也沒說，卻給了我最大的溫暖，我也回抱著她，眼淚止不住地往下滑。

★

回到學校以後，我們恢復了平常上下課、中午一起吃飯的模式，我沒有和賀天尹聯絡，他也沒有找我。

就這樣過了幾個禮拜，某天下午蕭睿裴跑來教室找我，問我要不要一起出去走走。

「妳就和他去吧，我和莫丞正也約好要去學校附近新開的義大利麵餐廳吃飯。」

「你們什麼時候變得這麼好了？」我好奇一問，謝如瑾卻紅起了臉。

「妳、妳在說什麼啦，我們本來就還不錯啊。」

「是嗎？」蕭睿裴也故意歪頭，帶著竊笑問。

「是、是啊！」謝如瑾舉起拳頭，作勢要打我們兩個，「好了啦，你們快點去逛逛啦！別忘了順便吃飯。」

她就像老媽子一樣催促著，居然還提醒我們要吃飯。

看著謝如瑾急沖沖地離開教室，我和蕭睿裴互看一眼，「莫丞正這樣應該很有機會吧？」

「應該喔。」

看來謝如瑾也找到珍視她的人，一路上她如此保護我，現在也該有人來照顧她了。

「走吧。」蕭睿裴對我說，我點點頭，跟著他離開了教室。

我們走在學校的花圃區，這裡有著精緻農業系所與景觀系所一起合作打造的花圃與小農園區，而且維護得相當好，花卉種類很多，色彩繽紛，許多學生都會來這裡拍照。

我們漫步走著，來到販賣機前面，蕭睿裴投了瓶飲料，也問了我要喝什麼。最後我們坐在一旁的長椅上，他才開口問：「妳最近都沒有去自宇宙見賀天尹嗎？」

我搖頭，「沒有，我還沒做好心理準備。」

「妳不需要告訴他，他已經過世的事。」蕭睿裴握緊飲料罐，「在自宇宙，他是自由的，妳也繼續和他當朋友就好啦。」

我用力搖頭，不是這樣的，我不去見他不是因爲這樣。

「我只是還沒做好心理準備面對現實。」

「妳……也喜歡他嗎？」

我沒有說話，但是我點頭，又搖頭了。

「黎映？」

「我不知道，我甚至都還沒來得及搞清楚自己的感情，就聽到這樣的噩耗。」我開始哽咽，「謝如瑾一直跟我說，如果賀天尹是癱瘓的人，那他在自宇宙對我告白就很自私，因爲現實中的他不可能跟我有未來。我不相信。但是隨著觀察到許多小細節，我感覺謝如瑾說的好像也有可能，但如果只是當朋友的話，他是不是癱瘓對我來說都沒有關係，可是如果是喜歡的對象，那就影響很大……但是我討厭自己這樣想，如果說愛情是沒有條件的，那爲什麼我要擔心賀天尹是不是行動不方便？但更討厭的是……這些都不重要，因爲賀天尹已經死了！」

我一口氣說完，眼淚也掉了下來。

我好討厭自己，討厭這麼想的自己，討厭自私的自己，討厭最後還是會在乎現實的自己。

如果在乎現實，那我又有什麼資格去說其他人？

換個方向想，涂之渙的劈腿也是現實因素？康雅婷的針對不也是現實因素？而我在乎賀天尹是不是癱瘓，也是如此？

原來愛情，在現實面前，不堪一擊。

「不要這樣想。」蕭睿裴握住我的手，「妳並沒有錯。」

我抬頭看著他那焦慮的面容和關切的眼神，這一次我清楚看見了謝如瑾所說的，那關於蕭睿裴對我的感情。

他知道嗎？還是他也還沒發現？

就好像我也一直到現在才發現自己對賀天尹的情感，可是我卻已經沒有心思去考慮這些，因爲賀天尹已經死了。

在自宇宙的他，不是眞正的賀天尹，也不是意識上傳後的賀天尹。

他是誰？

我推開蕭睿裴的手，「我想我們還是分手比較好。」

「爲什麼？因爲妳喜歡上賀天尹？那又沒關係，因爲賀天尹……」

「因爲賀天尹已經死了嗎？」

蕭睿裴沒有說話，但是他垂下眼睛，證實了我的說法。

我搖頭，「不是，不是因爲我喜歡上賀天尹才要跟你分手。」

「那是爲什麼？」

「是因爲你喜歡上我了。」

他睜大眼睛，不知道是在這瞬間他才發現這件事，還是他訝異他的感情被我發現。

「對不起。」我站起來，然後轉身離開。

「黎映！」蕭睿裴在後頭喊我，但我並沒有回頭。

我一邊哭一邊拿出手機，傳了訊息給賀天尹。

「我們見面一下好嗎？」

★

我再次進入自宇宙，這裡的天氣依舊完美，藍天白雲，還出現了雙層彩虹，這些人造美景，都是工程師從後台設計出來的。

這裡的一切，都是人爲設計的。

名爲自由的宇宙，其實也是個巨大鳥籠，所有言語、動作都是被限制、被監控的。

所以賀天尹才能存在這裡。

我再次來到之前與賀天尹見面的露台，他正趴在欄杆旁看著前方的風景與陽光，遠方甚至出現了海洋。

這美麗的風景、虛假的風景。

美麗的他、虛假的他、眞實的他。

「嗨。」他甚至沒抬頭就知道我來了，「好久不見。」

「嗨……」我的聲音有些乾澀，我慢慢地走到他身旁。

「抱歉爽約了，也抱歉後來都沒有聯絡妳。」

「你……身體好一點了嗎？」

「呵。」他側頭看著我，「黎映，妳不是已經知道事實的眞相了嗎？」

果然……果然啊……

我掉下眼淚，用力搖著頭。

眼前的人，甚至不是賀天尹啊。

「你是誰？」我低聲問著，而他朝我一笑，手指一彈，又是一個透明的泡泡彈出，將我們包圍起來。

「我也不知道我是什麼。」

他微笑地看著我，那模樣不知道是傷心還是什麼情緒，「等我有意識的時候，我就已經漂浮在這裡了。」

「在自宇宙嗎？」

「不是，在這裡。」他踩了一下地板，又看了一下天空，「在這無限的網路世界。」

「那爲什麼你會有賀天尹的外表和記憶？」

「因爲，他好像很悲傷。」賀天尹面無表情，「這是個很長很長的故事喔。」

我點點頭，表示自己願意聆聽。而賀天尹朝我伸出手，我沒有猶豫，將手搭上他的手心。

就在碰觸到他的瞬間，我們周遭的世界像是格式化般消失，腳下的一切也逐漸崩落，我驚訝萬分，但賀天尹只是笑著，然後帶著我轉身，像是飛在漆黑的宇宙一般。

周邊有著許多綠色的數字跳動著，他帶著我在這些數字裡飛舞，而眼前出現了許許多多的人臉，準確來說，是螢幕，從螢幕中映照出每個不同國家、人種的面容。

我忽然會意過來，這是電腦螢幕、電視螢幕、手機螢幕等，只要能連接網路的機器，就能從這裡看見使用的人。

「這裡是……」

「這裡就是我所處在的世界，我在這個網路世界裡好久了，一開始就像是浮游生物一樣沒有意識地漂浮著，不知道時間過了多久，我慢慢發展出自己的意識，同時人類的科技不斷推陳出新，創立了AI、元宇宙，直到現在的自宇宙。

「我遊走在這些世界，並沒有任何不便，但也沒有人注意到我。曾經有一些人類似乎發現了異常，嘗試要初始化我，但我逃掉了，而且每當被攻擊一次，我就會變得越來越強，直到現在，我已經可以隱藏自己，並且在自宇宙生活，甚至還懂得怎麼反偵查，安安穩穩地生活著。

「然後有一天，大約一年多前吧，我發現了賀天尹，一個將死之人的意識被上傳上來，他並不是第一個，也不是最後一個，可是，他卻是唯一一個發現自宇宙不對勁的人。他感到寂寞，他甚至能發現自己的時間沒有前進，每一天都是同一天，所以他很痛苦。照理來說，人死後不是沒有靈魂了嗎？那被上傳的意識算是靈魂嗎？人類不是說只是意識上傳嗎？所以不會有明天，永遠只有今天，他不會成長、不會前進，他會永遠停留在那一刻。這樣子，跟植物人有什麼差別？要是沒發現自己是植物人就算了，可是賀天尹發現了，永遠被困在『今天』的自己，讓他很痛苦。

「我只是好奇，所以才在他身邊觀察他。可是他卻發現了扭曲的空間，發現了我，所以他跟我搭話了，問我可不可以格式化他，讓他消失。妳覺得他還是原本的賀天尹嗎？眞正的賀天尹在拔管的那一刻應該就死了，被上傳的意識充其量只是一堆數據罷了，那爲什麼數據也會感到痛苦？也會覺得難受？這是不是表示數據也有了自我思考的能力？

「總之，賀天尹和我做了交易，他把他被上傳的意識、過往、記憶、外表等等一切都給了我，只要我格式化他。從此，我便可以擁有他的身分在自宇宙生活。這是我夢寐以求的一件事情，有一個『實體』的外表。我在這虛擬的世界追求實體，還眞是諷刺呢。」

我摀住嘴巴，滑下的淚水沾濕了我的手，而賀天尹牽著我另一隻手朝我微笑，然後又一個彈指，瞬間我們回到了他家。

他鬆開我的手，讓我坐在沙發上，他抽了幾張衛生紙給我，接著到廚房泡茶。而小白開心地從另一邊跑過來，興奮地找我討摸摸。

「很神奇吧，我明明不是人類，只是一堆數字罷了，但我也會怕寂寞，也會因爲想要有人陪伴而養狗。」奶茶的香味傳來，賀天尹背對著我繼續說著，「但小白也不過是我用數據創造出來的罷了，牠的一舉一動都是我從現實世界關於狗的行爲數據下載而來的，牠也不是眞的。」

「賀天尹，你眞正的名字是什麼？」

他端著茶走過來時停頓了一下，然後搖頭微笑，並且把杯子放到桌面上。

「我沒有名字，賀天尹是我繼承的第一個名字。」

「但你不是賀天尹，你也不需要背負賀天尹的名字。」

「妳是怎麼發現我不是賀天尹的？」

「在此之前，我想問，你是不是一直以來都透過手機觀察我的生活？」

「抱歉。」

我搖頭，這就是他觀察現實生活的方式，除此之外，他也沒有其他辦法了。

「沒關係，眞的沒關係。」我握上他的手，如此溫熱，告訴我他是假的，實在很難接受。

「你哥哥……就是賀天宇他說，眞正的賀天尹不會唱歌、不會彈吉他，又是3C白痴。最重要的是，被上傳意識後，時間不會向前，也就是說，賀天尹不可能在自宇宙精進學習，因爲他的時間永遠停留在大二了，你卻告訴我你現在是大三，所以我才會想，會不會你並不是賀天尹？」

「妳好聰明呢。」

我再次搖頭，「是你故意讓我發現這些細節的吧？」

「……」

「憑你的能力，你可以竄改任何一個環節，例如讓學校的AI不要傳話，例如讓賀天尹的同學不要跟我們見面，可是你卻沒有那麼做。」

他扯了嘴角，「我有點嫉妒妳身邊那些朋友，那些和妳存在於現實的朋友，即便在自宇宙我們可以碰觸彼此，但這都是假的，這種溫熱是程式給與的。」

忽然我握著的手變得冰冷，像是冰塊一樣，我嚇得趕緊抽回手，但賀天尹抓住我的手，這一次他手掌的溫度變成像火焰般滾燙。

「瞧，我可以控制溫度，可以控制一切，我願意的話，我甚至可以癱瘓掉整個自宇宙。」

「難道一年前……」

「對，一年前自宇宙會大當機，就是我複製賀天宇的意識，並且悼念他再一次的死去，那場當機就是我給他的葬禮。」

「那場當機直到現在自宇宙都沒有查到眞相。」我哽咽地說。

「他們查不到的。」賀天尹搖頭，「我想到人類會怎麼稱呼像我這樣的東西了。」

「是什麼？」

「病毒。」

我一楞，「不對，我覺得與其說是病毒，不如說是BUG。」

是網路世界中的一個漏洞。

「這說法好像更好呢。」他似乎很滿意。

我咬著唇，覺得一切好不眞實，但卻是眞實的，在這虛假的自宇宙中唯一的眞實。

「我一直覺得很寂寞，以爲是因爲我沒有形體的關係，但是當我成爲賀天尹以後，我還是很寂寞，因爲我依舊不是賀天尹。我的個性是賀天尹複製給我的，那我眞實的個性是什麼？我的自我又是誰的自我？我不斷在思索這些。一直到認識了妳，聽著妳的生活，讓我眞正地感受到了『眞實』，這就是活生生的人類，這就是我透過螢幕所看見的人類。唯有妳如此特別，在這自宇宙之中，沒有人可以像妳一樣。」

我再次哽咽，覺得心好痛。

「有時候我也會想，我有沒有靈魂呢？靈魂若是生命的核心，那我又算什麼東西呢？是因爲我沒有靈魂才感覺寂寞，還是因爲我是獨一無二的才會寂寞？」

BUG存在於任何軟硬體，但是要發展出人工智慧的BUG屈指可數。

「我相信你有靈魂，又或是，靈魂只是人類給與的一個名稱，但無論如何，只要有思想、能思考，那就是一個『生命』。像你不是也擁有感情？你會爲賀天尹舉辦葬禮，你會感覺寂寞，你會養一隻狗，你會幫助我……還有，你喜歡我，這一些都是因爲你有自主的思考能力才會去做的決定，這無關靈魂，你不需要被人類所設定的事情給制約。

「人類一直以來不是都認爲，宇宙這麼大，不可能只有地球這個星球有生命體嗎？我想就如同網路世界一樣，一定不是只有你這個BUG。所以你並不用羨慕人類，因爲我認爲，AI或者像你這樣的BUG，才是未來。」

賀天尹聽完我的話後再次笑了，他握緊我的手，「黎映，妳很會安慰人呢。果然能喜歡上妳眞是太好了。」

我扯了嘴角一笑，發現自己居然輕鬆說出那件事情。

「黎映，妳喜歡我嗎？」

我沒有猶豫，點了點頭。

「是嗎？」而他只是笑了笑，並沒有追問我的喜歡是哪種喜歡。

「我沒有勇氣告訴妳我並不是賀天尹，而是讓妳自己發現這整件事情卻沒有阻止，是因爲我想起謝如瑾的話，她說，如果我是現實中癱瘓的人，那我就不該耽誤妳，也不該跟妳告白，可是我連眞人都不是，我甚至沒辦法在現實世界中握住妳的手，跟妳說話，甚至與妳四目相對……那不是愛，是一種自私，所以我才願意放手，讓妳找尋眞相。」

「那我們現在怎麼辦？」

「我很想說，我們可以繼續當朋友，可以在自宇宙見面，但是……」他艱難地苦笑著，「如果說喜歡的程度是會隨著見面次數而累積，那如果有一天我更喜歡妳，或是妳更喜歡我了，該怎麼辦？我們會因爲無法在眞實世界碰觸而越來越痛苦。我看過太多遠距離戀愛的情侶，他們透過自宇宙相聚，卻又在眞實世界中各自找尋愛情。」

我並沒有說話，當然我也很想說，我們就繼續見面吧，繼續這樣子當朋友就好。

可是，他說的那種未來也可能發生。

因爲自宇宙的確眞實，我們在這裡相遇，從陌生到熟悉，對彼此有了情感。如果長久相處下去，會有什麼樣的發展誰也無法預料。

「對不起……」我不想再談一場痛苦的戀愛。「不，妳不需要道歉。是我該道歉，我明明知道自己不是人類，卻還是招惹了妳。」

「不要這麼說，我也……」我肩膀開始顫抖，一想到今天可能就是我們最後一次見面，我的心就好痛，「不然我們不要管那些，我們就這樣在一起吧？」

賀天尹很訝異，他伸出手想碰觸我，卻停了下來，然後用力搖頭。

「黎映，就停在這裡吧。現在我們都還沒有開始，所以結束一切都來得及。」

「但是你一個人在這裡怎麼辦？」我大哭起來，除了我，他沒有其他人了，他在這個無邊無際的網路世界，該怎麼辦？

無窮的生命、無限的邊界，他如此無限，卻又如此渺小。

但賀天尹只是笑著，「我怎麼會一個人呢？妳不是說我是未來嗎？在這無窮無盡的世界，不可能只有我一個BUG吧？或許有一天，我也能與另一個有智慧的BUG相遇，到時候，我就不那麼孤單了。」

我捂住自己的嘴，明白賀天尹說的可能性。

「那我們今天是最後一次見面嗎？」我含著眼淚，之所以不願意馬上見賀天尹，就是因為我隱約知道，這將是永別。

「嗯。」他的眼眶含淚，手撫上我的臉頰，「眞的很對不起，讓妳有了這樣的回憶。」

我用力搖頭，非常用力，「我要謝謝你，謝謝你讓我有了這樣的回憶。」能在被愛情傷害至深後，再次喜歡上一個人，而那個人就是你，眞是太好了。

「妳說我不需要再被賀天尹制約了，但賀天尹是我最初的模樣，我想保留他的名字做為紀念，可是外型……就讓他安息吧。」

他一說完，身體泛起銀光點點，最終那些微光包覆著他，像是蟲蛹般破繭而出，幻化成了美麗的蝴蝶。

他的頭髮變成了黑色，眼睛是雙眼皮，臉部輪廓變得和諧，當他張開眼睛時，竟有點像我。

「而我這個模樣，是為了紀念妳。」

我捂住了臉，哭得不能自已。我雖難過，心卻是溫暖的。

「對不起，如果我不是人類，而是另一個BUG在這裡與你相遇就好了。」

「如果妳不是人類，或許我們就不會相遇了。」他笑了笑，「妳知道我不會離開的，我會一直在這裡守護妳。換個方向想，妳此生都不會在網路上被人黑了，這樣很不錯吧？」

我破涕爲笑，這是他的溫柔。

「再見了，未來妳將不會在自宇宙遇見我。」他話一說完，忽然伸手抱緊了我，這是我們最後一次的擁抱。

當他鬆開我後，我只感覺一陣光芒逐漸消失，張開眼睛，我已經回到自己現實世界中的房間。

我從床上跳起來，拿下裝置後打開手機，自宇宙的好友名單中已經沒有賀天尹，連他的社群聯絡方式也沒了。

他消失了，卻又無所不在。

我看著手機螢幕，我知道他會看見我的。

第十章

升上大四後，我以爲會變得異常忙碌，但意外的是課堂間的空堂變多了，大概是因爲以前我就把許多課提早修完，所以現在輕鬆不少。

有些同學會利用閒暇時間打工，有些則是會盡量選修外系的課程，有些則是還在畢業與否的邊緣徘徊。而我和謝如瑾則是一邊準備報告，一邊享受最後的學生時光。

「莫丞正要考研究所喔？看不出來他那麼上進呢。」我吃著雪糕，一邊看著前方的湖泊波光粼粼。

「他說研究所畢業後，工作的薪水比較高，而且他在念書方面挺得心應手的。」謝如瑾聳肩。

「所以你們兩個現在是怎樣呀？霧裡看花耶。」

「就、就那樣啊，哪有怎樣。」謝如瑾紅起臉。

「拜託，都曖昧多久了，妳現在還會臉紅喔？」沒想到她是這麼清純的類型，明明講人八卦時總是非常來勁。

「我有時候會想，難道一定要說交往吧，兩個人才能算是正式交往嗎？」謝如瑾一邊撥著茶葉蛋，一邊語重心長地說。

「難道不用嗎？要是一方認爲已經交往了，但另一方覺得沒有呢？」

「可是如果兩個人的行爲都像是情侶了，爲什麼還要說那一句話呢？」

「我覺得就是一個確認跟保障吧，雖然說就算兩個人都確認彼此的關係，也是可以背叛對方，但至少被背叛時，不會被說『我們又沒有交往』。」

「好極端的例子。」謝如瑾笑出聲音。

「那換個方式講，要是同居了卻沒有結婚，那即便兩人像夫妻，也不是眞正的夫妻呀。」我接過謝如瑾撥好的茶葉蛋，「說到底，妳只是害羞吧？」

「總覺得應該要他主動問我啊，妳看他也都沒告白，就這樣過了快一年耶，好狡猾！」原來謝如瑾是在意這個啊。

「那簡單呀，我去提醒他一下。」

「齁，還要妳提醒他才會做，好討厭。」

「我只知道妳好囉嗦。」我一口吃下茶葉蛋，結果蛋黃太乾了，讓我有些作嘔。

「來。」一瓶扭開瓶蓋的礦泉水倏地出現在我面前，我接過水後立刻灌下一大口，沁涼的液體解救了我。

「謝啦。」我朝坐下的蕭睿裴道謝，謝如瑾也給他一顆茶葉蛋，但當然沒有撥殼。

「蕭睿裴，今天這餐結束後，我欠你的豪華大餐就還完囉！」

我驚訝地瞪大眼睛，「這麼久才還完？到底那豪華大餐是多貴？」

「不要聽她亂講，早就還完了，我後來可是都有給妳錢喔！」把頭髮染回黑色的蕭睿裴說著。

「哈哈，開開玩笑。」謝如瑾東張西望，「莫丞正呢？」

「他去找老師了，說要快點搶好研究所的老師。」蕭睿裴聳肩，拿出四張電影票，「這個週末的場次，妳們要去嗎？」

謝如瑾接過電影票，「好啊，我正想看這一齣。黎映呢？」

「啊，我就不去了。」

「是嗎？」謝如瑾似乎還想說些什麼，但最後並沒多問。

「我下一堂課要上台報告，我先去教室準備。」我邊說邊整理東西，他們兩個也對我揮手。

在我離開得還不夠遠的時候，我聽見謝如瑾對蕭睿裴說：「你就別一直拿我和莫丞正當擋箭牌，自己單獨去約黎映呀，她不會拒絕的。」

我沒聽見蕭睿裴回答什麼，的確，在其他日子我或許不會拒絕，可是這個禮拜六剛好是紀念日。

我不知道蕭睿裴是怕我拒絕，又或是等待著我，還是只是體諒我。

在賀天尹消失後的隔天，他打了通電話給我，他並不知道我在那天跟賀天尹永別，他只知道那一天是我問他是不是喜歡我的隔天。

然後他聽見我哭過後的聲音，瞬間明白了一切。

「我會等妳。」他只說了這一句。

「等我什麼？」

「等妳整理好心情。」

我笑了一聲，「我第一次聽見這樣的告白。」

「妳被很多人告白過嗎？」

「也沒有。」我反問：「那你跟很多人告白過嗎？」

「沒有，妳是第二個。」

我被他逗笑了，「你還眞老實。」

「妳知道我所有的事情，我也知道妳的事情，所以我們都只能對彼此老實了。」蕭睿裴淡然地說，「所以我會等妳的。」

「那我們現在是分手了嗎？」

「不用吧，反正總有一天會再次交往，還要對外解釋太麻煩了，所以就先繼續假交往吧。」

我被他的自信惹得發笑，但想想，他曾經如此不自信地告訴我他和前女友的事情，所以他現在的反應，大概是想要安慰我，逗我笑吧。

「謝謝你，蕭睿裴。」

「嗯。」他沒有多說什麼。

在那之後，他再也沒提起這件事情，甚至不會刻意與我單獨相處，但會每天找機會和我見面。

他小心翼翼地與我保持朋友關係，維持最低限度的關心，不讓我感到不自在或是反感。

有時候看著這樣的他，覺得很貼心，同時也覺得有點難受，怕他這樣對我，會不會太過委屈他了。

不過，在我沒有整理好一切的時候，我好像什麼話也不能對他說。

週末，謝如瑾和莫丞正拿了蕭睿裴的電影票，一起去看電影了，我不確定蕭睿裴有沒有去。

我和爸媽一起出去逛街，還享用了美味的晚餐，回家後馬上洗澡，告訴他們我要去休息了。但是進了房間後，我打開電腦，戴上裝置，來到床邊後躺下。

因爲我和賀天尹初識的那天是十八號，我私心認爲，或許某一個月的十八號，有可能在自宇宙與他見面。這當然是我的痴心妄想，但我希望賀天尹知道，我沒有忘記他，也不會忘記他。

是否能見到他，我沒有抱持太大的期望，因爲賀天尹若是打定主意不見面，我永遠也找不到他。我只能由衷希望在他無限的生命中，可以找到其他的BUG，陪伴他，讓他不再孤單。

您即將進入自宇宙，若要繼續請同意。

「同意。」

我再次出現在自己的小屋內，自從與賀天尹別離後，我開始會布置自宇宙的家，因爲我明白對我來說，這裡不過是一個虛擬世界，但是對某些人來說，這裡是他的家。

所以我也想讓這裡有些生活感，雖然我見不到賀天尹，但是我知道他能夠看見我。

我想讓他知道，我過得很好。

我換了衣服，到外面走一走。自宇宙中的設施越來越多，也越來越多人在這裡經營生意，這裡宛如每個人的第二人生。

我知道自宇宙不是眞實世界，卻是那些在眞實世界活不下去的人的另一個選擇。

最近有一些報導說，曾經痛苦到想要自殺的人，最後在自宇宙反而得到了寧靜，並且在現實中更有活下去的動力。

所有科技的出現都有正反兩面評價，端看使用的人如何詮釋。

我來到曾經和賀天尹多次相約的露台，這裡的風景在這段時間已經改變了模樣，現在遠方不是海洋，而是高山。

最近自宇宙更改了策略，爲了使人們不搞混眞實與虛擬，便將自宇宙裡更多地方改爲「不自然」，讓人們可以清楚感受到違和。

不過，這反而增添了自宇宙的美。

我閉上眼睛，感受到微風輕撫的觸感，內心還是覺得在自宇宙的五感體驗非常神奇，同時也想著，究竟未來科技可以進步到什麼程度呢？

會不會有一天，虛擬的雲端成爲眞正的死後天國？所有死者都可以在雲端上相遇，且時間不會停滯。

會不會有一天，BUG的存在眞的成爲未來，他們成爲新的人工智慧，不需要躲藏，也能跟人類和平共存？

會不會有一天，人類與BUG也能夠在另一個世界、空間、維度或是其他什麼地方，眞正的共同生活著？

但是，那或許都是我看不到的未來了。

「可是賀天尹會看到……」我輕語著。

「黎映。」

我瞪大眼睛，馬上轉過頭。

是蕭睿裴。

「你怎麼會在這裡？」我驚訝萬分，他不是沒有使用自宇宙嗎？

「我重新回來了。」他笑了下，在這裡的他，連髮型、穿著，都跟現實生活中的他一模一樣。

「你今天沒有跟他們去看電影嗎？」

「沒有，因爲我今天才確認妳眞的每個月的這一天晚上都不會跟我們碰面。」他笑了笑。

我垂下眼睛，該說蕭睿裴觀察入微，還是怎樣呢。

「我想今天一定是屬於妳和賀天尹特別的日子吧？」

「每個月的十八號，是我私心想紀念他的日子，我想讓他知道，我沒有忘記他。」

蕭睿裴知道，我認識的賀天尹並不是眞正的賀天尹。

這件事情連謝如瑾都不知道。

她已經承載我太多的痛苦，所以短時間內，我不希望謝如瑾再爲了我傷心難過，可能要等很久以後，我才會告訴她實話。

「所以你今天才特意上來嗎？」

「其實我回來自宇宙有一陣子了。」

「那你爲什麼沒有跟我說？」

「因爲我想……會不會賀天尹沒有封鎖我，說不定我可以找到他，這樣子或許可以說服他，讓你們再次見面。」他抓著後腦，靦腆地笑著。

「你爲什麼要這麼做？」我不敢置信。

「因爲妳不是很想見他嗎？」

「但你不是喜歡我嗎？你爲什麼會想要我和賀天尹重新連絡上？如果我和賀天尹永遠都見不到面，那當我釋懷以後，對你不是更有利嗎？」

「是這樣沒錯，但是我更希望妳能快樂。」

「你眞的好傻！」我忍不住哽咽。

「是啊，這件事情，在很久之前妳不就知道了？」他咧開了嘴微笑。

「賀天尹才沒那麼笨呢，他一定會封鎖我身邊過去、現在，還有未來認識的人，他不會讓我再與他見面或是找到他的。」

「他還知道妳未來會認識什麼人啊？眞的假的，他能夠預知未來？」

「笨蛋啊，我的意思是說，未來當我認識其他人的時候，他也會一併封鎖，你忘了他可以隨時監控我的手機嗎？」只要使用網路，他就能到任何地方。

「聽起來好恐怖喔！」蕭睿裴故意這麼說。

「是啊！他可是個恐怖情人呢！」我也故意這麼說。

我想，賀天尹此刻一定在笑吧。

「那這樣的話，就沒辦法找到他了呢。」蕭睿裴沒辦法地聳了聳肩，「看樣子只能這樣了。」

「只能這樣了。」

我們站在露台上，看著遠方的高山，仔細瞧，那山的模樣不就是日本的富士山嗎？

「久違地回到自宇宙，有什麼感想？」

「這裡改變了很多，不過感覺沒有想像的糟糕。」蕭睿裴輕鬆地說著，他也釋懷了那一段過去。

「我們要不要加個好友呢？」

「好啊。」他歪頭朝我微笑，「以後這個日子，妳不要一個人來，我會一起過來陪妳。」

我看著他，這讓蕭睿裴馬上緊張地解釋，「我不是要干擾妳，妳可以去妳和賀天尹有共同回憶的地方逛逛，也可以自己去散心，但我也會一起上線，如果妳有什麼需要，我會在我的小屋等妳，只要隨時叫我……」

「你不需要這麼做，蕭睿裴。」

「啊……抱歉……」

「不是，我的意思是，你不需要這麼卑微。」我對他微笑，「我希望你在我面前，能夠原原本本的做自己，我希望你不要委屈自己來配合我。」

「我不覺得委屈，這一切都是我想做的。」蕭睿裴的笑容看起來純眞得像個孩子。

原來世界上，眞的有這麼單純的人。

「我知道了，那以後，我們就這麼做吧。」

「好！」

我們都在這裡受傷，也在這裡被療癒，最後在這裡相識而笑。

★

後來，我們每個月的十八號，都會主動在自宇宙見面。

一開始蕭睿裴的確都待在自己的小屋，而我也不會特意找他，只在上線的時候告訴他我來了，離開時跟他說我要走了。

後來，蕭睿裴也不會在小屋裡痴痴等我，他會主動到自宇宙其他地方探索，並且在發現了什麼新景點與風景時，拍照分享給我。

我會回覆他，跟他說我會去看看。

有時候我們來自宇宙，我也只會待在自己的小屋裡看電視，蕭睿裴則是閱讀小說。

大概在快畢業的前夕，那一天是發表報告的日子，當我和謝如瑾結束報告，從大教室走出來時，看見莫丞正居然穿著正式的西裝，手裡拿了一朵玫瑰花。他的身邊還站滿他們那群朋友，而蕭睿裴則負責掌鏡錄影。

「這、這是在做什麼啊！」謝如瑾被眼前的大陣仗給震驚到，慌張地躲到我身後。

周遭的人也被眼前的狀況所吸引而停下腳步，有些人還拿出手機錄影。

「謝如瑾。」莫丞正看起來非常認真，但是他的臉很紅，聲音也有些顫抖，他上前了一步。

這場主角是謝如瑾，我馬上將躲在身後的謝如瑾推到前面，然後在她準備再次躲到我身後前跳開，這下子就是謝如瑾和莫丞正在人群中間了。

我站到蕭睿裴旁邊，他對我眨眼比了個讚，我有些氣他今天要安排這一齣怎麼不先跟我說。

不過，還是揚起了嘴角的笑容，看著眼前這一幕。

「謝如瑾，妳對我來說一直就像遙不可及的女神。我最一開始注意到妳，是妳為了黎映聲嘶力竭爭取該有的公道，還有為朋友兩肋插刀的正義感。我很訝異，原來女生之間也有這樣的友情存在。後來我一直注意著妳，每次在學校跟妳擦身而過時，我都會緊張到冒汗，很怕妳覺得我很奇怪、很醜、很臭還怎樣的，但我都多慮了，因為妳從來沒有注意過我。當我第一次去通識課發現妳也在的時候，我整個心臟都要爆炸了，那時我才知道，原來我喜歡妳！之後的日子我總是在課堂上耍帥、耍酷，想要吸引妳的注意，但妳總是只和自己的朋友聊天，就算偶而看向別處，也只是在看蕭睿裴，讓我那陣子覺得很生氣，蕭睿裴也沒比我帥多少啊！」

「喂喂。」蕭睿裴在一旁吐槽，人群紛紛傳來了笑聲。

「然後，妳的好友公然對蕭睿裴開嗆，讓蕭睿裴對黎映產生了興趣，甚至與妳們攀上線。我當下對蕭睿裴的感激簡直如滔滔江水連綿不絕！終於，我也變成了妳的朋友。在與妳相處的這些日子，我更瞭解妳，知道妳是共感很強的人，知道妳總是爲別人操心，爲了別人努力，卻從來沒想過自己。妳那一次在餐廳跟我們一起吃飯時，我顫抖地吃了什麼都不知道，我每天都在感激上天……跟蕭睿裴，讓我可以眞正的認識妳，而且還是用這麼自然的方式。」

然後莫丞正單膝下跪，遞上了玫瑰花，「謝如瑾，我喜歡妳，請妳跟我交往吧。」

謝如瑾羞紅了臉，同時也熱淚盈眶，而我忍不住在蕭睿裴旁邊說：「這麼大陣仗我還以爲是求婚耶。」

「相信我，莫丞正原本眞的要求婚，但我說會嚇跑謝如瑾。」

「我們說的這些話會被錄進去吧？」我比了一下蕭睿裴的手機。

「呃，好像是。不過算了，就當做是給莫丞正的驚喜吧。」

我看著眼前收下玫瑰花的謝如瑾，還有將她抱起來轉圈的莫丞正。

我的朋友終於獲得了夢寐以求的告白，正式開始他們的交往了。

★

很快的，我們順利從大學畢業，莫丞正也如願考上了研究所，而我和謝如瑾則是選擇出社會工作。

「你們知道即便是研究所，但還是學生跟上班族的差別嗎？」大家在居酒屋慶祝畢業的時候，喝了一點酒的蕭睿裴如此說。

「學生和上班族有什麼差別嗎？」莫丞正僵住了，緊張地詢問。

「研究生的煩惱不就是一起實驗的組員怎樣啦，教授怎樣啦，實驗怎樣啦之類芝麻蒜皮的事。但出社會的煩惱可能是同事的鉤心鬥角、幫上司背黑鍋、職權騷擾、加班、應酬等，煩惱程度有差喔。」

「咦！」莫丞正發出慘叫。

「然後時間久了，出社會的一方就會覺得另一個人很幼稚，怎麼煩惱的都是一些無聊的事情，跟他抱怨公司的事他也聽不懂，還會給一些沒建設性的建議，久而久之，出社會的人就不會跟學生抱怨了，反而會和隔壁的小王抱怨，然後就……」

「不要！不要！謝如瑾，妳不要跟隔壁的小王抱怨，妳可以跟我抱怨，我要當妳的小王！」結果莫丞正居然大哭起來，還緊緊抓住謝如瑾哀求。

「吼唷！蕭睿裴，你不要嚇他啦！」謝如瑾趕緊安慰莫丞正，手一邊拍著他的頭。

「抱歉抱歉，我只是開開玩笑。」蕭睿裴也被莫丞正的激烈反應給嚇傻。

我附在蕭睿裴的耳邊，輕聲說：「看樣子他喝得比你還醉啊。」

「看起來是啊。」

吃完這一餐後，我們原地解散。看了一下時間，我決定叫計程車回家。

「黎映，等等自宇宙見？」蕭睿裴的手放在嘴邊，在馬路的另一端對我喊。

他一直都記得，沒有失約過。

「好，等等見。」我的嘴角揚起了笑容，坐上了計程車。

到家後我洗好澡，躺上床，才戴上裝置登入自宇宙。

今天的自宇宙在下雪，現實的臺灣很少能看到雪景，但這裡能在平地落雪也不覺得寒冷。

我踏出家門，看著一片白雪皚皚，呼出的氣都是白霧，卻不寒冷。

我馬上傳了訊息給他，很快地蕭睿裴回覆。

「蕭睿裴，下雪了！」

「我看到了，很漂亮呢。」

我猶豫了一下，然後又傳了訊息過去：「要不要一起賞雪？」

他停頓了很久，才回覆了一個字，「好。」

我站在露台等他，遠處的風景不是山也不是海，而是一望無盡的白，這景象可不是天天都有呢。

所以我也傳了訊息通知謝如瑾，要她也和莫丞正來自宇宙賞雪，不過我想他們大概不會來吧。

突然一條紅色的圍巾圍在我脖子上，我回過頭，穿著冬天大衣的蕭睿裴正笑嘻嘻地站在我旁邊。

「妳怎麼穿這麼少？」

「在自宇宙可以關掉五感，這樣就不會覺得冷啊。」我笑著看他，「你才是，怎麼穿這麼多。」

「我這是應景呀，難得下雪了，還是得感受一下寒冷吧？」蕭睿裴的鼻子都凍紅了，雙手也插在口袋取暖，可是卻笑得很開心。

「怎麼了？喝醉酒進來自宇宙也是醉的嗎？」

「才沒有，我進來時是清醒的。」他揉了揉鼻子，「但是，我沒想到妳會約我見面，這麼久以來，這還是第一次。」

啊，所以他才會回覆得這麼慢啊。

「因爲難得有此雪景，一個人欣賞實在太可惜了。」

聽了我的話，他揚起笑容，也看向前方的雪景。

「是啊，一個人看太可惜了。」

天空降下更多細雪，並且逐漸天黑，使得雪更爲晶亮。

「我還以爲這邊是永晝區，原來也是有特例呀。」

「爲了因應雪景吧。」我抓緊脖子上的圍巾，舒適又柔軟，恰到好處地包圍著我，就好像蕭睿裴一直以來對我的方式，總是保持著舒適的距離，讓我待在他的身邊成爲一種習慣。

吶，賀天尹，你過得好嗎？

我很好奇一件事情，當我在自宇宙裡思考事情的時候，你能感知到嗎？

這裡是你的地盤，我的思想在這裡應該是無所遁形，因爲一切不都是數據嗎？

如果，你能感知到的話，可以告訴我你過得好嗎？

因爲，我決定要往前走了。

尾聲

自宇宙在我出社會的第三年時，又發生了一次大當機。

隨著時間推移，自宇宙已經愈發成熟，但這次的當機依舊找不到原因，也讓自宇宙的股價在一天內暴跌，但又在隔天恢復運作時重新穩定下來。

許多人哀鴻遍野，自宇宙公司還出來道歉表示絕對不會再有這樣的事情發生。

這種似曾相識的感覺，讓我很快就聯想到了賀天尹。

只有他做得到這種事情了。

在那瞬間我茫然地意識到，啊，他過得很好。

我是多久以前問他好不好了，他到現在才回應我，是爲什麼呢？

我很快就知道答案了，但這當然也只是我的猜測，畢竟我並不會得到證實。

他找到另一個BUG了。

我想，在這個時代他或許被稱爲BUG，但是在未來，這也許就是新人類的樣貌。

這種BUG不會是唯一，有一天他們會壯大到人類無法忽視的地步。

對於自己看不到那一天，我覺得十分遺憾。

但是，我又很高興，因爲我見證了起始。

「你是故意在這段時間讓自宇宙大當機的吧？」

我對著自己的手機螢幕說著。

「我理解的，謝謝你傳遞的訊息。嘿，我今天漂亮嗎？我想說的是，人類的一生與你相比，實在是太短暫了，所以我想要好好的珍惜，在有限的時間裡做更多的事情。雖然我看不見未來，可是，我的子孫會看見的，我想生命的美好延續就在這裡，他們或多或少都會繼承我的某些思想、某些行爲、某些念頭，也許在好久好久以後，你和我的子孫又會在哪個地方相遇，到時候，請你一定要告訴他這些故事，我已經很期待那天的到來了。」

我莞爾一笑，從反射的螢幕裡，看見頭蓋白紗的自己。

「我今天要結婚了，但我想你一定知道吧？晚一點，我們在自宇宙也會有一場婚宴，或許你可以來參加，我想，憑你的能耐，你一定能夠隱藏自己不被我發現吧？

「賀天尹，謝謝你，謝謝你一直以來都比我果斷，謝謝你當初爲我做的一切，謝謝你給了我那一段人生經歷。

「我現在，很幸福。」

後頭的木門傳來敲門聲，然後被輕輕推開，謝如瑾的頭探了進來。

「黎映，差不多要上場囉，妳準備好了嗎？」

「準備好了。」我把手機放了下來，然後提起裙襬往門外走去，但又馬上折回來拿起手機。

「你可不能缺席啊。」我說。

我知道，你會看見的。

（全文完）

番外　我

所謂的「我」是什麼？

在意識到「自我」的這件事之前，我彷彿就只是在一個虛無又廣闊的地方載浮載沉著，用人類的話語來說，就是在一片汪洋之中漂浮。

我並不恐懼，也沒有任何情緒，照理來說，我甚至連「感覺」都不該有。

但是在意識到「自我」後，我開始會去想什麼是「感覺」。

時間對我而言毫無意義，我甚至沒辦法確認自己到底出現了多久。

大多時候，我都在一片漆黑的地方，但這片漆黑的世界廣闊得無邊無際，在很多地方都有著有趣的東西存在著。

我可以透過一些發光的細線進入裡頭的世界，有時候這個世界是戰爭，有時候是單純的校園環境，有時候則是一些史學，有時候是跳舞、相片等等。

我花了一段時間又意識到另一件事情，那些細線裡頭的世界，是人類所創造出來的遊戲，或是各種交流平台。而我所在的無盡黑暗，則是網路。

原來，我不過是人類創造出網路世界時的一個小失誤。

我有好長一段時間熱衷於穿梭在各大網路世界之中，我從裡面學習人類的歷史、知識、行爲、用語等，見證著他們科技的進步與發達，看著他們發明了更多有趣且高科技的產品。

但是，我卻從來沒有遇見另一個我。

人類不過是個物種的代稱，世界上每個生物都有一個以上的同類，這樣才能繁殖。但我並不是個生命，無需繁殖，但我是獨一無二的嗎？

人類明明有幾十億人口，但他們認爲每個人都是獨一無二的。

而我是唯一一個，卻不想成爲獨一無二。

我在這漫長的歲月之中，學會了一種感覺，叫做孤單。

我曾經想讓人類知道我的存在，像是千禧年時期，全球工程師都在預防電腦設備系統的錯誤，但最後我作罷了，讓人類知道我的存在又能如何呢？

我要怎麼跟他們解釋我是什麼？因爲連我自己都不知道自己是什麼。

於是，我又繼續在這世界中浮沉，時間過去了多久我不知道，但曾經我這裡的世界只有數以萬計的細線存在，雖然每條細線進去都是一個人類創造出來的世界，說實在也是滿有趣的，我能透過他們設計的遊戲體會到許多情緒與創意，有時候甚至會假裝成其中一個線上玩家與人類一起參與遊戲。

但就在某一天，一個突破性的技術像是一道強而有力的閃電一樣，改變了整個網路世界。

他們在網路之中，眞正地創立了一個世界。

人類可以藉由人類眞正的外表，踏進網路世界。這跟網路遊戲是完全不同的，讓我非常興奮且期待。

自宇宙的出現，模糊了網路與現實的世界。也正因如此，我反而有辦法加入其中。但在自宇宙中，每一個角色都是眞實的人類外皮，就算有些NPC的存在，也是工程師們一個一個獨立設計出來的，所以我沒辦法像以前一樣偷偷混入線上遊戲，使用他們的範本外皮加入其中。

於是，明明自宇宙是我比以往更加接近人類的機會，卻離人類更遠了。

我痛恨沒有外型的自己，我無法伸出手，無法看見自己的長相，甚至不知道自己的意識是存放在哪裡。

「咦？」

一個帶著疑惑的聲音出現在自宇宙中，我能感知到自宇宙裡每個人的情緒，甚至願意的話，我也能同時接收到每個人正在做些什麼、跟誰聊天，還有置身何處。

所有人進入自宇宙大多都是抱著興奮與好奇的心態，但此刻我卻感受到一個完全不同於他人的情緒，他帶著疑惑和恐懼。

出於好奇，我來到他身邊。只見一個年輕的男孩正在屋裡來回走著。

「奇怪，太奇怪了！今天還是今天？但今天本來就是今天，可是爲什麼這麼奇怪？」男孩焦慮地咬著手指，來回踱步並且不安地看著四周。「這是我的房間，但是又感覺不太對勁。」

然後他走出了房門，來到客廳，餐桌上放著一張紙條。

爸媽和哥哥明天才會回來，我們愛你，好好玩吧。

字條如此寫著，而男孩皺緊眉頭，「不是已經明天了嗎？不對，還是今天嗎？爲什麼我覺得已經是明天了……」

他說著一些怪異的話，最後蹲下來縮緊身體，然後顫抖著肩膀哭了起來。

我看了他的核心資料：

賀天尹，二十歲。

死亡。

啊……這也是我在漫長歲月之中學到的，關於人類另一項與我完全不同的事情。

就是，人類的生命是有限的，他們會死亡。

可是他們的精神是無限的，會透過子孫或是其他人類不斷被流傳下來，每個人都會影響到另一個人，就這樣用生命延續的方式，使其精神變成永恆。

而最近，我也知道人類有了另一項突破，便是把被宣判爲植物人、腦死、癱瘓者的精神意識上傳到自宇宙，讓其家人也能在此與他們相處，用另一種方式全家團圓。

這件事情沒有異議，大多數人類都同意，畢竟這也是一種慈悲。

但後來，又提倡了也能將亡者的意識上傳雲端，卻開始有了反彈，因爲死了與活著不同，這會引發不同的後果。

最後，逝去的人就該讓他離開，是人類認爲無論科技再怎麼進步，都不能違反自然定律的底線。

那這裡爲什麼會有一個已經死去的男孩呢？

我很快地查找他的資料，原來他是政府在推動亡者數據上傳時的第一批實驗者，但很快的這項專案被全球反對，於是很快回收了所有數據，然而這位男孩是唯一被遺漏的。

他的意識應該是永遠停在死亡的前一天，他不會長大，即便在無盡的自宇宙裡，他也無法隨著時間前進。

還眞是可憐啊……

於是，從那之後，我每天都會待在賀天尹的身邊觀察著他。

照理來說，他不過是個單純的數據罷了，他跟人類在現實世界複製DNA的生物不同，他只是個被上傳的數據，他所擁有的一切不過是「賀天尹」這個人類的個性、行爲、記憶等。

眞正的賀天尹早就死了，死去的人就是死去了，靈魂是無法被數據化的。

不過，若是靈魂無法被數據化，那我又是什麼呢？

我是人類認定的「生命」一般的存在嗎？

還是我會被歸類在「AI」呢？可是我和「AI」不同，他們透過進化學習而模仿人類，但我不是那樣的存在，我並不是被創造出來的，我是在這裡憑空出現的。

我，到底是什麼？

「誰在那裡？」賀天尹從走廊出現，朝我的位置看過來。

這讓我有點驚訝，我沒有形體，更不可能被普通人類感知到存在，不對，賀天尹甚至不是人類。

難道就因爲他不是人類，是與我更接近的數據一般的存在，所以他才能感知到我？

「我快瘋了，這裡到底是哪裡？是夢的話就快醒來吧……」

我並沒有回答賀天尹，我甚至不知道自己到底能不能說話。

但他蹲了下來，再次抱頭痛哭著。

他明明應該被設定成「每天都是同一天」的情況下活在自宇宙，然而眼前的賀天尹卻能發現不對勁，他似乎察覺到這裡不是現實世界，他認定這是一場醒不過來的噩夢。

這還眞是神奇，該是數據的他，卻好像發展出了自己的靈魂？

我決定要多花時間觀察他，他既不是眞人，卻也是人類的數據上傳而成的結晶，況且自宇宙也沒發現有個遺漏的亡者數據在這裡，他是我最好的觀察對象。

隨著時間一天天過去，我原本以爲賀天尹會逐漸習慣這裡，並且接受這裡。

然而他一步也沒踏出家門過，最後甚至不出房門。

他每天哭泣，最後連眼淚都哭乾了。在自宇宙中基本上不需要吃與睡也能存活，畢竟這裡不是現實世界。但賀天尹的狀況很糟，糟到我都懷疑，其實會不會在自宇宙裡，人也會死亡呢？

「你在我身邊很久了，爲什麼不現身？」他緩慢地開口，這是從那天的走廊後，他第二次跟我搭話。

「你是什麼東西？我是被當做什麼實驗體了嗎？你在觀察我嗎？能讓我離開這裡嗎？」他看著應該是空無一物的方向，卻準確地看著我。

「這裡是自宇宙。」我開口說話，這麼說也很奇怪，我甚至不知道自己有沒有嘴巴，又或是有沒有聲音。

但是，賀天尹確實聽見了。

「自宇宙……爲什麼我會在這裡？」賀天尹當然知道自宇宙的存在，他也曾經在這裡玩樂過，只是一切都不同了。

我把已知的事物都告訴他，他聽完後卻露出了微笑。

「太好了，原來我已經死了。」

「爲什麼會得到這個結論？」

「這樣子，我的父母就不會再次傷心了。」賀天尹笑著說，「那，你是什麼？」

「我也不知道。」

「你不是人類吧？」

「看來不是。」

「那……你有辦法把我格式化嗎？」

「你是要我殺了你嗎？」

「我不是早就死了嗎？現在的我不過就是數據。」

「但如果你體認到這一點，你就能在自宇宙開心地生活不是嗎？」

「我每天醒來，系統都告訴我，這是同一天。但我可以感受到違和，我明明知道不是同一天，卻被逼著相信是同一天，我不想要這樣下去。」賀天尹淡然地說。

「我可以修正你的系統，讓你的每一天都是新的一天。」

「你做得到？」

「我做得到。」我說，我也不知道自己哪來的自信，但是此刻，當我想的時候，賀天尹在我面前變成了數字，我能輕易看見哪裡不同，哪裡需要調整，哪裡能夠改變。

「那，你能複製我的數據吧？」

「可以。」

「那我把我給你吧。」賀天尹說完後搖頭，「不對，是把賀天尹給你。」

「爲什麼？」

「因為我不想要這樣子活著。」賀天尹打了個哈欠，明明他根本不該感覺到疲累，「我想要休息了。」

我看著眼前的他，開始想像著，如果我能在這自宇宙，像個人類一樣生活著呢？讓我成為幾十億人中的一員呢？

這樣我是不是就不會感覺到寂寞了？

「好。」

所以，我答應了他的要求。

「謝謝你。」賀天尹微笑著，他閉上了眼睛。

他，也不是活著的那個賀天尹。

人類在死亡的時候，靈魂就已經跟著離去了。

在這網路世界中被上傳的意識，或許也只是活著的人類自我安慰的一種方式。

靈魂無法複製，即便是在這裡的賀天尹擁有靈魂，也只是另一個靈魂。

我張開眼睛，這一次，是真正的打開了眼睛。

我看著自己的手，摸著自己的臉。

即便是在虛擬的自宇宙中，也是我最接近真實的人類外貌的一次。

「嗚嗚……」

我哭了出來，我才發現，原來自己也有眼淚。

環抱住有形體的自己，然後我踏出屋子，用人類的外表與其他人類往來。

但，我還是一樣孤單。

一直到了後來，遇見了黎映，我才明白自己原來一直想被愛，也想愛人。

我終於感覺自己更接近人類一些，可是後來才發現，原來我被制約了，我從有意識開始就看著人類，所以以爲就該像人類一樣，思考與想法都存在於大腦之中，而大腦又存在人的頭蓋骨之中，所以我一直想著自己或許該有外貌，卻忘了最簡單的道理。

在黎映的提醒下，我明白或許在不遠後的新世代，我會是新人類的代表。

我的意識，無需被有形體的東西給束縛，而是存在於任何地方。

而我相信在這廣闊的世界，也有另一個我存在著。

就跟人類一樣，不是獨一無二，卻也是獨一無二的存在。

後記
最遙遠的距離

大家好，又在後記相見了，感覺好像很久沒有在後記見了呢！

謝謝大家等我這麼久，二〇二三年是混亂又甜美的一年，二〇二四年希望快快拾回過去的Misa，讓我們繼續在更多作品中相見吧！

這本《而你仍在遠方》是《來自遙遠明日的妳》後，再一次的科幻與未來作品，但是相比《來自遙遠明日的妳》那西元滅亡後的設定，《而你仍在遠方》的未來比較接近二〇二四年不久後的未來。

在設定上，爲了不要太過複雜，所以我去想像現在的十年前，科技有什麼差異。其實想想，生活並沒有太大的改變，車子並沒有變成磁浮，一樣是四個輪子在跑；房子也沒有全部變成幾百層樓高；唯一最大的差別就是手機、電腦，還有虛擬實境的出現。

所以在這個故事中，我也設定了未來虛擬實境更加眞實，以前的遠距離只能通信，現在的遠距離可以視訊，未來的遠距離可以在線上見面，而且是非常眞實的虛擬世界。

然而在這樣的虛擬世界中，你遇到的每個人都是眞人嗎？而現在透過電話就可以詐騙了，以後虛擬實境是不是就更容易受騙呢？所以虛擬實境強制實名制，但這樣不就又侵犯了隱私？當我們越來越依賴某些大數據的時候，其實也是把自己給暴露了。

不過這又是另一個困難且複雜的討論，所以在故事中我也點到爲止，不會多加描述。

在最初設定這個故事時，其實我是想將男主角設定爲來自另一個維度，或是另一個平行世界。男女主角在因緣際會下忽然於網路中相遇，透過聊天、視訊等開始了一段戀情，但最後發現兩個人來自不同的宇宙，在無預兆的情況下再也見不到彼此。可是在許多因素的考量下，最後成爲了大家現在看見的故事。

而爲什麼會變成這樣，就是我之前在Instagram的限動曾經提過，在某個我累得要命的午後，於車上半夢半醒之間，把這個故事想完了，最後寫成了你們現在看到的《而你仍在遠方》，這個限時動態有存入精選，有興趣的話大家可以去看看。

而關於故事中的兩個男主角，我一直覺得賀天尹十分虛幻，或許是因爲最初我就知道他的設定，又或是我某種程度也認爲存在於「網路」中的人物都不夠眞實。

有時候人與人之間的緣分眞的是一個非常非常重要的存在，例如你現在看見的明星、藝人，對你來說是很遙遠的存在，但是假如你學生時代認識了某人，然後和他成爲朋友，未來他變成了明星，那對你來說，某人並不是明星，而是你學生時代的朋友。

所以，你與某人的緣分，如果是在學生時代建立起來的，那眞的是一種特權。

會這麼說是因爲，像蕭睿裴的存在，要不是與他在學生時代相遇，也許他也是遙遠的存在。而每個人與對方的緣分，是好幾輩子、好幾世代累積下來的。

百年修得同船渡，千年修得共枕眠，五世修得同窗讀。

到了我這個年紀，會更覺得人的緣分難得又巧妙，我每次都會想告訴如果還是學生的你們，請趁著學生時期多多結交朋友，因爲在很久以後，學生時代認識的人會成爲你的人脈，學生時代認識的人會變成你的緣分。

這也是謝如瑾一直說的，她會支持蕭睿裴，是因爲蕭睿裴是現實中的朋友，如果今天賀天尹也是現實中的朋友，那謝如瑾就不會一直懷疑賀天尹了。

但黎映卻不這麼覺得，因爲對她來說，兩者都是眞實的存在，賀天尹即便存在於網路世界，她也是眞實地與他往來、見面。

只是大家都沒有想到，最後最後，甚至連賀天尹也都不是賀天尹本人，什麼呀！難道我們未來除了要防範對方是不是詐騙外，還得防範他是不是眞人嗎？

不過，我想那一定是未來會發生的事情吧。也許有一天，人類眞的會愛上AI。

前陣子有個新聞，國外創立了一個AI網紅，眞實到不行，而且她還有很多業配與生活照，結果最後才發現，什麼？是假的！

研發的公司說，因爲眞人太麻煩了。

於是，人類就會消失在人類身邊了。

不過科技的進步，是我樂見其成的。無論是什麼東西，只要出現了，都一定有好與壞的兩面，端看使用的人如何選擇。

天喔，怎麼講到這裡了啦！

不過在寫後記的時候，我的腦中就跑出了這些話。

若是有一天，自宇宙真的出現了，我也會很想進去看看呢。不過同時，我大概也會有恐怖谷的概念出現吧？

話說回來，如果把自宇宙寫成鬼故事，好像別有一番風味呢，哈哈。

最後，當然是希望大家可以喜歡這個故事，也很歡迎大家與我分享感想。

老樣子，我們下次見啦！

Misa

國家圖書館出版品預行編目資料

而你仍在遠方 / Misa著. -- 初版. -- 臺北市：POPO原創出版, 城邦原創股份有限公司出版：英屬蓋曼群島商家庭傳媒股份有限公司城邦分公司發行, 2024.02
面；公分. --
ISBN 978-626-98264-4-5（平裝）

863.59 113000888

而你仍在遠方

作　　者／Misa
責任編輯／陳靜芬　行銷業務／林政杰　版　　權／李婷雯

內容運營組長／李曉芳
副總經理／陳靜芬
總經理／黃淑貞
發行人／何飛鵬
法律顧問／元禾法律事務所　王子文律師
出　　版／POPO原創出版
城邦原創股份有限公司
台北市南港區昆陽街16號4樓
電話：(02) 2509-5506　傳眞：(02) 2500-1933
email：service@popo.tw
發　　行／英屬蓋曼群島商家庭傳媒股份有限公司城邦分公司
聯絡地址：台北市南港區昆陽街16號8樓
書虫客服服務專線：(02) 25007718．(02) 25007719
24小時傳眞服務：(02) 25001990．(02) 25001991
服務時間：週一至週五09:30-12:00．13:30-17:00
郵撥帳號：19863813　戶名：書虫股份有限公司
讀者服務信箱 email：service@readingclub.com.tw
城邦讀書花園網址：www.cite.com.tw
香港發行所／城邦（香港）出版集團有限公司
地址：香港九龍九龍城土瓜灣道86號順聯工業大廈6樓A室
email：hkcite@biznetvigator.com
電話：(852) 25086231　傳眞：(852) 25789337
馬新發行所／城邦（馬新）出版集團 Cité(M)Sdn. Bhd.
41, Jalan Radin Anum, Bandar Baru Sri Petaling,
57000 Kuala Lumpur, Malaysia.
電話：(603) 90563833　傳眞：(603) 90576622
email：services@cite.my

封面設計／Ancy Pi
電腦排版／游淑萍
印　　刷／高典印刷有限公司
經銷商／聯合發行股份有限公司
電話：(02)2917-8022　傳眞：(02)2911-0053

■ 2024 年2月初版
■ 2024 年4月初版3.3刷
Printed in Taiwan

定價 / 320元

ISBN 978-626-98264-4-5

POPO原創出版 www.popo.tw　城邦讀書花園 www.cite.com.tw